[日] 城平京 著
李雨萍 译

虚构推理

沉睡的谜案

虚構推理 スリーピング・マーダー 城平京

文化发展出版社
Cultural Development Press

千本樱文库

前 言
PREFACE

文库，原本是指收纳书物的仓库和书库，也指收纳书与记事簿，以及不常用物品的小箱子。以前者为例，京浜急行线的“金泽文库站”就是以前镰仓时代北条氏用来收藏汉书用的，“金泽文库”的由来便是如此。东京都的世田谷区也有收集着珍贵汉书的“静嘉堂文库”。后者则更多地被称为“手文库”。

江户时代以来，可以放入袖袂的小开本书籍逐渐流行起来，被称为“袖珍本”。明治三十六年（1903年），富山房发行了小开本的丛书，起名《袖珍名著文库》。随后，明治四十四年（1911年），讲述战国时代的猿飞佐助和雾隐才藏系列故事的讲谈社“立川文库”发行出版。讲谈是日本民间艺术，是一种以口语化的方式讲述历史故事的形式。而“立川文库”则是将讲谈收录成册集中出版的丛书，据统计当时刊行量为200册左右。从那时起，文库就脱离了原本的释义，逐渐演变成了现在的类书集丛。

文库说法借鉴了日本出版业界的传统说法。而千本樱源自日本奈良县吉野山樱花盛开的奇景，世人皆以“一目千本樱”来形容樱花美景。千本樱文库的纳入作品皆为日系作品，题材包括推理、悬疑、幻想、青春、文化等类型，正如千本樱满山盛开的绝景。

现代日本，以“文库”命名刊行的丛书系列有200种以上，所谓“文库本”只不过是统称而已。日本传统的“文库本”常用的是A6尺寸的148mm×105mm，也叫“A6判”。千本樱文库的所有书籍将在“文库本”的基础上提升，达到148mm×210mm的开本标准。追求还原的前提下，力图带给读者更清晰的阅读体验。

从20世纪70年代以来，日系推理小说逐步进入中国读者的视野。随着时代更替，涌现出了各种不同风格的作家。日系推理能够长久不衰的原因之一在于设立的各种新人奖，这些新人奖能为日本文坛输送新鲜血液，不断地创作优秀作品。1997年，20岁的城平京投稿了鲇川哲也奖，并且入围了最终候补，得以出道，创作出了大量的优秀作品。

《虚构推理》是城平京的最新力作，最初是一本完结的推理小说。然而，新颖的题材与设定受到了讲谈社的青睐，被改编成了漫画，由城平京亲自担任脚本。漫画连载期间，城平京将脚本进行整理，加笔，又修改了细节部分，不定期推出小说版的《虚构推理》。《沉睡的谜案》就是该系列的第三部小说，本作收录了一部中篇小说、四部短篇小说，各个篇章并非相互独立，而是存在某种必然的关联，希望《虚构推理》系列能给您带来更多阅读的乐趣。

千本樱文库编辑部

千本樱文库

本格

《巫女馆的密室》
《圣女的毒杯》
《哲学家的密室》
《衣更月一族》
《美浓牛》
《少年检阅官》
《宛如碧风吹过》

日常

《推理要在早餐时》
《会错意的冬日》
《喜鹊的计谋》
《午夜零点的灰姑娘》
《谷中复古相机店的日常之谜》

科幻

《电子脑叶》
《复写》
《蒸汽歌剧》
《巴比伦》
《里世界郊游》

悬疑

《千年图书馆》
《鲁邦的女儿》
《狂乱连锁》
《神的标价》
《恶意的兔子》
《癌症消失的陷阱》
《沉默的声音 》
《死之泉》

轻文芸

《戏言系列》
《忘却侦探系列》
《弹丸论破雾切》
《这个不可以报销》
《天久鹰央的事件病历表》
《吹响吧!上低音号》
《宝石商人理查德的谜鉴定》

虚构推理　沉睡的谜案

目 录
CONTENTS

沉睡的谜案

Sleeping Murder

登场人物＆事件介绍

岩永 琴子

——如同人偶一样的美丽女孩。但是，由于外表稚嫩，有时会被误以为是中学生。十一岁时遭遇“神隐”，被妖怪们夺走右眼与左腿，成为解决、调解妖怪们的争端与纠纷的“智慧之神”、连接人类与妖怪的巫女。十五岁时遇到九郎，对他一见倾心，强行与他结为恋人。

樱川 九郎

——与琴子念同一所大学的研究生。在祖母的强迫下，吃掉可以用自己的生命预言未来的“件”，以及能够长生不老的“人鱼”的肉，并因此获得了决定未来之力和不死之身。妖怪们见到九郎会觉得他比妖怪还恐怖。表面对恋人琴子很冷淡，实则在用自己的方式关心她。

樱川 六花

——九郎的堂姐，与他拥有同样能力的女性。出于某种目的，与九郎、琴子二人是敌对关系。

“钢人七濑”事件

——单手挥舞着钢筋，在街上徘徊的写真偶像的都市传说。琴子和九郎通过构建比追寻真相还要困难的“虚构推理”，让都市传说重回虚构。

虚构推理

沉睡的谜案

Sleeping Murder

第一章

岩永琴子是高中生

岩永琴子高一那年，在推理研究社的社长天知学的算计下加入了社团。倘若让一系列事件的当事人小林小鸟来作总结，事情就是如此。

也就是说，天知社长战胜了岩永，岩永也承认自己落败，然而事情并没有这么简单。

私立瑛瑛高中是县内大名鼎鼎的升学名校，即使放眼整个日本东部，它的师资力量与学生素质也是数一数二的。

每当举办全国规模的模拟考试，总有几个瑛瑛高中的学生名列成绩排行榜的前二十名；在社团活动方面，也有几个全国知名的文艺和体育社团。显而易见，瑛瑛高中并非虚有其名。这里的学生大多家世良好，品行方面也有口皆碑。

不过，学校的课程与教学内容并没有过于艰深，也不存在校规苛刻死板、管得太宽的情况。毕竟是升学名校，课程并不轻松，但是科目与课程量同其他学校相比并无多大区别。校规亦很符合常规，大部分规定都将学生的自主性摆在第一位。丰富的校内设备大部分可供学生自由使用，却又没有因此发生过严重事故，这种氛围更加提升了它在学生中的人气。

反过来说，或许正是因为高人气和高竞争率，这所高中才能招到很多哪怕在这样宽松的环境里，也严于律己，决心取得好成绩的学生。

不过，无论学校再怎么优秀，学校就是学校，学生就是学生。即使优秀学子汇聚一堂，学习成绩依然会有名次高低。一定会有人因为名次低而失落，也一定会有人因为考了倒数第一而伤心落泪。社团里有正式成员和候补成员的区别，也有人面临着交不到朋友、每一天都碌碌无为的烦恼。

“我们面临大危机！”

放学后，私立瑛瑛高中推理研究社的社长天知学坐在活动室的椅子上，对着一台打开的笔记本电脑，语气沉重地对小林小鸟开口。

“哦？”

一年级的女成员从正在阅读的文库版图书上抬眼，问坐在桌子斜对面的天知社长。

活动室的面积是普通教室的一半左右，里面摆放有书架、储物柜、书桌以及正好六把椅子。这是一个平凡无奇的空间。硬要说哪里像推理研究社的话，大概只有那座不知从哪里搞来的高约二十厘米的埃德加·爱伦·坡的半身像，以及书架上密密麻麻陈列着的推理小说吧。

天知看到小鸟茫然的表情，又补充道：

“小林，你那是什么迟钝的反应。一年级的新成员就只有你，社团名单上虽然有两个三年级的成员，然而他们只是挂名，并不参加活动。二年级的成员只有本社长。也就是说，目前这座瑛瑛高中推理研究社的社员，就只有你和我。”

小鸟有些犹豫，不知该如何作答。在她刚加入的时候，就已经知道这里社员稀缺的事了。毋宁说社员少正是她加入社团的理由之一。

“可是，上个月你不是还一副从容不迫的架势，说‘急也没用’吗？也没必要一进入梅雨季就突然重视起来吧？”

“上个月还能感觉到有新人加入的苗头，可是你瞧瞧现在。要是这种社员人数不足五人的状态继续下去的话，我们的活动室很有可能会遭到回收，社团也要被废除了！”

小鸟用打开的文库版图书挡住自己的嘴，对这一学校方针表示认同。

“社员人数不足的社团，即使被废除也没资格抱怨吧。”

“是啊，毕竟一堆刚成立的社团想要拥有活动室，能使用的房间又有限。”

天知似乎也觉得这项规定合情合理，可他对现状又有些愤愤不平。

“可是，为什么偏偏我们的新社员这么少呢？与某段时间相比，推理的人气的确在下滑，但应该一直都有人想跟同好讨论吧？”

“可以在网上讨论呀。”

小鸟提出了最根本的原因，天知却嗤之以鼻。

“与过去相比，推理概念的扩散范围过于宽泛。虽然解谜、悬疑、惊悚、冷硬、舒适推理都被归为推理，内容却大相径庭，各家的粉丝未必能聊到一起去。”

"是啊,同样是球类运动,可是喜欢棒球的人不一定也喜欢板球嘛。"

"更何况最近的出版量也很惊人，就算有那份闲心去阅读自己喜欢的作家和题材以外的作品，也没有那个闲空。"

"毕竟在咱们学校，不好好学习会跟不上的。"

小鸟夹入书签后合上书本。由于判断出天知是在认真地担忧现状，她觉得自己最好郑重其事地将问题指出来。

"我觉得，要是社长你的态度再……怎么说呢……友善一点？也许有新成员加入的可能性会更高些呢？"

"我一直都很友善。"

"你的眼神跟举止总是让人不敢直视，又常常面无表情，再加上高大魁梧的身材，相当容易给人造成压力。"

"所以，在迎接申请入社的同学时，我才总是像现在这样坐在座位上啊。"

天知坐姿端正，后背挺得笔直。他跷着二郎腿，抱臂坐在那里。小鸟觉得这样不行。

"你的姿势看上去像是在冷漠地评价对方，要是你跟人家讨论问题，一定会把人家吓哭的。"

小鸟已经习惯了这样的天知，面对有这种社长的社团，也难怪很多人会望而却步。天知家重视武道，他从小就学习柔道与剑道之类的课程，据说还分别拥有段位。他表示不想在学校也做这些体力运动，才会选择加入一直以来就很喜欢的推理社。不过，他不自觉就会散发出威慑力，这也怪不得他。

小鸟是一个气质斯文、身材娇小的女孩子。就算两人同时出现在活动室里，也像是一个被这位社长逮住、迫于无奈加入的牺牲者。不过，这的确是事实。

天知似乎也有一些自知之明，他没有直接对小鸟的指责提出异议，而是调整了一下坐姿，眯起双眼。

“这个社团已经延续了二十多年，不能毁在我这一代。”

“可是事到如今，有意参加社团活动的同学早就已经加入其他社团了。咱们学校又没强制要求学生加入社团。”

“所以说，想让社团存活下去，必须要有果断的举措！”

天知说着，竖起一根手指。

“我要让一年级的岩永琴子加入社团！”

小鸟觉得天知的脑回路简直让人难以预料，她瞠目结舌，反问道：

“让那位岩永同学加入我们社团？”

岩永琴子。在某种意义上来说，她是本年度的一年级学生中最有名的女学生。就连在遍地是知名企业继承人或者名门之后的学校，她也是一名特别的少女。

得知天知的计划的第二天，小鸟心情沉重地走在放学后的廊下。这一天，从下午开始就阴雨绵绵，湿气和雨声让她的心情更为沉重。

让那位岩永琴子加入推理研究社，无疑是痴人说梦。小鸟虽然和岩永是同班同学，可是迄今为止她都没有与对方正常说过话。

她大致在脑海中梳理起她所知道的岩永的信息。

从开学典礼开始，岩永琴子的模样便很惹眼。

首先，她过于娇小玲珑，甚至让人觉得，她不像是跟自己一样的高一学生。她有一头柔顺的秀发，长度大概跟后脖颈齐平；一双大眼睛，眼眸清澈；皮肤白皙，四肢纤细匀称，手脚都很小巧。宛如高贵的洋娃娃的外形，不仅令男生们心荡神驰，连女生的目光都被她深深地吸引。当她静静地坐在那里时，就算被误以为是人偶也不足为奇。她的身上有一种仿佛一碰即碎的脆弱感。

而且，不知为何，岩永总是拿着一根没有任何装饰的手杖。她看起来并不像是腿脚有什么不便的样子，可是走路时常常会用它拄在地板上，连老师都没有在意过这一点。大家纷纷猜测她有什么隐情，可又不好意思询问。岩永的一切都是谜。

与她分到同一个班级的小鸟，在自我介绍的环节得知，她的左腿是义肢，学校因此才允许她带手杖上学。右眼也是义眼，在体育课上要多加小心，但这并不影响日常生活。至于为什么装义肢和义眼，她只是轻描淡写地告诉大家“小学时出了点意外”。当时没有任何人继续追问。那无疑有着相当重大的原因，所以不能轻易询问。

但是，这所学校不乏家世良好的学生。岩永这个姓氏虽然并非广为人知，却是相当显赫的名门。

“原来她就是大名鼎鼎的岩永家的大小姐！”

有好几个学生注意到了这点，消息瞬间不胫而走。

据说她十一岁时被人诱拐，在两周后才被找到。当时，她的右眼已经被挖走，左腿也被从膝盖下方斩断。这个案子至今悬而未决。关于她，有几件非同寻常的传闻，但是真伪难辨。

昨天，小鸟在活动室里再次向天知介绍了那些传闻。

“除我以外，你应该也从其他人那里听说过有关岩永同学的种种传闻吧？她非常美丽可爱，性格好像也很活泼开朗，但是总是有些让人不敢接近。不过，我倒是很希望能有机会跟她说说话。”

“大家现在也都很难跟她打招呼，她总是独自一人，不是吗？”

天知露出一副“那又如何”的神情，丝毫没有打算理解小鸟的心情。

小鸟试图向他描述这两个月左右在班里环绕着岩永的那种氛围。

同班同学并没有忽视她，早上的寒暄和必要的交流都正常进行，岩永也安然以对。但是也仅止于此。没有人与她进行过更为亲密的日常交流。

“也不知道过去的事情给她的心灵留下了什么样的创伤，大家都担心要是轻率地同她接触，会犯下无法挽回的错误。就算是出身相当显赫的同学，面对她时也很小心翼翼，连老师都是如此。”

“我倒是觉得你们过度在意心灵创伤了。”

天知并没有近距离看到岩永，所以能不负责任地说出这种话。只要能够看到岩永那纤细到令人惊讶的脖颈和手指，都会直观地感受到她有什么故事。

“不仅如此，还有流言蜚语说她拥有不可思议的力量呢！在这座学校里，也有好几个人曾经目睹她在空无一人的校园和教室里，不知是在跟什么东西讲话。”

“我知道了，她就是那种能看到幽灵的家伙吧？记得初中的时候好像也有这样的传言。据说她的家族产业之所以能够那么顺利，就是因为她听取了那个能力给的建议。跟他们家有交情的企业，也在她的美言下躲过了灾祸。”

“没错，听说上个月，岩永同学正在操场上走着，有个足球社的人不小心把球踢偏了，差点砸到她的脸上。谁知，当时已经近在岩永同学眼前的足球突然坠落，滚到了地上，就像是被某种无形的力量拍落了一样。”

据当时位于附近的学生和足球社的人证实，当时足球以非常迅猛的速度朝她飞去，周围甚至有人发出“危险”的惊呼。人人心惊胆战，觉得她必然免不了被足球正面砸中。

天知却对这些旁证置若罔闻，认为看不见的守护者的说法纯属无稽之谈。

“要么是看错了，要么就是她自己灵巧地将足球给拍开了，旁观者却没有看到。靠建议和美言躲过灾祸什么的，也只不过是添油加醋的胡说八道罢了。”

“你一直爱做这种无聊的分析。”

“这叫合理分析，是推理的第一要义！”

这种观点或许源于身为推理社社长的自负吧。可是小鸟觉得，认为岩永受到超自然力量的保佑要合理得多。

“可是，最近很多推理小说中不也出现了幽灵或超自然现象吗？”

“那是邪教，我才不承认那玩意儿是推理。”

天知无视小鸟的反对意见，又回到方才的话题。

“我不管，必须让岩永琴子加入我们社团。这是让推理研究社幸存的最佳方案。小林，你跟她是同班同学，起码可以把她带到活动室来吧？”

“我不要，这也会让岩永同学为难吧？”

天知却悠然地调整了一下坐姿，一副在玩纸牌游戏时打出一张制胜牌的架势，说道：

“小林，你要是胆敢拒绝的话，我就每天向你剧透一本你还没读过的推理小说！”

“咦？”

剧透推理小说是绝对禁忌。

可是天知却毫不迟疑地说道：

“鲁斯·伦德尔的《女管家的心事》的凶手是尤妮斯·帕切曼，动机是她不识字！”

“太、太过分了！这本书的书名很酷，好像很有趣，我还想读呢！”

小鸟虽然没听说过这个作者和她的作品，可是这本书有吸引人的元素，动机似乎也设计有反转，是部非常特别的作品，肯定不可以剧透。

天知却面不改色地命令：

“你要是讨厌剧透的话，明天放学后就把岩永琴子请到活动室来。所有人都知道她是一个有秘密的大小姐，对她敬而远之。所以，她说不定只是困惑于交不到朋友而已！”

时间回到今天。走廊的窗户上有雨滴滑落，小鸟四下张望，盼着视野中出现岩永的身影。她咕哝道：

“让我把岩永同学带到活动室里，可她人在哪儿呢？今天最后一节课一下课，她就离开教室了，难道她没带书包就走了？”

本来想要先按照天知的命令跟岩永打声招呼，谁知她本人却不见了。

就算是同班同学，如果座位离得远，就很难有交集。有时等她回过神的时候，岩永已经不在教室里了。有时她虽然在教室里，却早过了休息时间。时机非常难把握。

午休的时候，岩永似乎也在某个地方独自吃午餐，教室里经常见不到她的人影。她是感到拘束呢，还是因为被班里的所有团体排挤，所以不喜欢在教室吃饭呢？虽然学校的食堂在学生中的评价很好，菜色也多，但她似乎也没有去食堂。她只要出现在食堂，就足以造成轰动。

这么说的话，她会不会偷偷躲到厕所的隔间里吃饭？小鸟的脑海中不由得浮现出那个娇小的少女将手杖竖在厕所门上，抱着午餐盒吃饭的场景。她感到一阵不知所措，暗自祈祷自己想多了。

“要是她放学回家的话，书包应该不在教室里了。”

将近下午四点的时候，小鸟决定去自己班的教室里看看，要是岩永的书包不在那里，她打算今天就此放弃，直接回推理社的活动室。只要小鸟表明自己努力到这个时间，天知估计也不忍再刁难她。

就这样，小鸟回到了教室，然后猝不及防地见到了她苦苦寻找的岩永琴子。

她将红色手杖竖在桌子旁，坐在窗边属于自己的座位里，闭目靠在墙边，似乎在听着雨声打盹。

教室里没有别人，灯也已经熄灭了。下雨天，外面天色晦暗。在一片昏暗中，岩永阖眸坐在那里，像是一个连呼吸也没有的人偶。

小鸟在原地站了片刻，终于回过神来，蹑手蹑脚地走到岩永面前。走到她身边时，总算听到了睡觉时的呼吸声。看来她只是睡着了，小鸟不禁松了一口气。

太可爱了。小鸟从未如此近距离地观察过岩永。她的皮肤吹弹可破，睫毛浓密，比远看时更像人偶。倘若她只碰到了她的左腿，发现那是人造品，说不定会深信她的其他部位也是人造的。

要是拍张照片的话，估计会很抢手。

小鸟的脑海中不由得闪过这种庸俗的念头。虽然她不会拿去卖，可她觉得此刻值得拍一张照片留念。她一边想，一边拿出手机对准她的脸。

谁知，本来轻轻倚在墙上的岩永，仿佛察觉到了这个动作似的坐起身来，懒懒地伸了个腰。小鸟猝不及防，手机差点脱手而出。

岩永一边伸着懒腰，一边若无其事地对小鸟道：

“最好不要随便拍我，说不定会拍到什么奇怪的东西。”

“奇、奇怪的东西，是幽灵之类的吗？”

小鸟联想到与她有关的那些流言蜚语，战战兢兢地反问。难不成一拍照片就会出现幽灵之类的？岩永歪着头想了想：

“这个嘛，大抵是‘反枕*’之类的吧。”

“为什么突然聊起腿肚子痉挛的话题？”

“那是‘腓反**’。看来，如今的女高中生都没听说过妖怪的名字呢。”

岩永说着，同情地摆了摆手。

你不也是女高中生吗？小鸟尽管腹诽，但见她似乎没有因为拍照的事生气，还是悄悄松了一口气。

不过，要是这般逃跑的话，应该会给她留下坏印象，是不是先道歉比较好呢？她对接下来该采取什么行动犹豫不决。

这时，岩永解围一般，保持着坐姿平静地问：

“那么，小林小鸟同学，你找我有何贵干？”

---

* 日本传说中的一种妖怪，出自江户时代的《画图百鬼夜行》，会在晚上来到人枕边，将人的枕头翻过来。

** 即小腿抽筋。因为日语中两个词相似，小鸟才会将它们弄混。

她连没怎么说过话的同学的名字都记得吗？小鸟有些感动，又觉得不能白白错失这个机会，慌忙道出自己的来由。

“是、是这样的，我加入了推理研究社，那里其实只有两名活跃的社员，处境举步维艰。所以，要是可以的话，岩永同学能不能也加入我们？啊，你知道推理吗？就是推理小说或者侦探小说。”

“这我倒是知道，你是说加入推理社吗？”

小鸟本来还担心她不知推理为何物，现在看来她具备一般常识。

岩永捞起放在身边的手杖，拄在地板上，露出思索的神情。

“小林同学，你应该有其他更亲近，也更有可能答应你的人选，为什么会邀请我呢？而且，就算我一个人加入你们，不也是杯水车薪吗？”

岩永用令人意想不到的睿智目光盯着小鸟。小鸟却忽视她的询问，闪烁其词。

“我也不是没考虑过这个问题，但是社长非要我带岩永同学去一趟活动室。”

说着，她想起昨天社长提到的让岩永琴子加入社团的真正目的。

“据说岩永琴子的父母与学校的理事长很熟，在社交界也很有影响力。而且她曾出过意外，初中的时候一直车接车送。毕竟以前发生过那种事，她的父母会担心她也是人之常情。其他名门出身的同学不是都躲着她吗？对于拥有这种家世，又有难言之隐的少女，就算对方没有主动提出，学校应该也会对她格外关照。她又是很显眼的学生，要是再有心灵创伤的话，就更是如此了。”

天知说话时面无表情，语气冷若冰霜。

“如此一来，学校肯定会努力为她创造一个独立的环境，让她在学校不至于被牵扯到麻烦中去。实际上，连老师都不敢轻易接近她。他们应该是希望尽量不要刺激到她。”

小鸟也认可这番分析。要是背景雄厚的学生出了什么意外，学校也会很难办，岩永无论如何都太显眼了。

“虽然不能露骨地优待她，但应该也不会立刻就将她加入的社团废除。毕竟不知道她和她的父母会有什么样的反应，没必要自找麻烦。我们可以认为，至少在她毕业之前，社团都不会被废除。虽然社团经费可能会减少，但能保住活动室就足够了。”

就算只是挂名社员，只要没有特殊的丑闻，并且能在档案上达到最低人数，学校方面起码会默许这个社团存在，且对这个社团的抵触心理也会降低，其他社团应该也不会说三道四。

“而且，要是传说中的大小姐加入社团，说不定会有更多新社员慕名而来。应该也会有一些不敢靠近她，但想要跟她说话或者近距离看她一眼的同学。让她加入社团，对于推理研究社而言大有益处。”

小鸟承认这个对策确实有立竿见影的效果，但不知为何，她总觉得做法有些欠妥，不够人道。

面对岩永这位可爱的同学，小鸟有些烦恼。她无法对岩永如实相告。自己应该透露到什么程度呢？

就在她纠结时，岩永用轻快的口吻开口：

“利用私人关系让社团免予废除，要是顺利的话，这个社团还能一举成名，招到其他学生，这就是你们社长的目的吗？你们社长倒是挺会打如意算盘的嘛。”

“咦？你立刻就知道社长的目的了吗？”

小鸟为她的敏锐惊愕万分。只有懂得人情世故、可以客观审视自己的人，才能洞察到这一点，看来岩永是具备这种能力的人。

“这没什么了不起的。”

岩永的脸上浮现出一抹同情的微笑。

小鸟只能乖乖道歉。

“对不起，我其实很看不惯这种伎俩，可是我们社长威胁我，要是我请不到岩永同学的话，他就要向我剧透还没读过的推理小说。昨天他就向我剧透了《女管家的心事》的凶手和动机，这本小说好像挺有意思的。”

岩永闻言，不禁露出诧异的表情。

“凶手是尤妮斯·帕切曼，动机是她不识字？”

“咦，你知道吗？啊，岩永同学，你难道也读推理小说吗？”

“这部作品很有名，我觉得可能派上用场，就读了一下。”

“是吗？好意外！”

小鸟本以为岩永是个更加不通晓人情世故的大小姐，无论是兴趣爱好还是别的话题，她们恐怕都聊不到一起去。可是聊了几句之后，她却发现自己跟她非常合拍。岩永似乎也在照顾她的心情，以便让话题能够继续下去。

岩永见小鸟这么大惊小怪，不禁露出苦笑。

“还有，那并不算剧透。在书籍的梗概里已经介绍了凶手与动机，毕竟这些内容本来就写在正文第一行。这本书就是想让读者带着‘怎么会是这样’的悬念去阅读。”

“什么？原来如此！”

“你们那位社长很遵守‘不能随便剧透’的原则嘛！小林同学，他或许只是在逗你玩呢。”

小鸟无言以对。被天知戏弄也就罢了，眼前的岩永似乎也将她当成小孩看待。

不过，她们之间确实有差距，这令她十分沮丧。

“岩永同学，你好像挺了解推理的，加入我们也挺好的，你觉得呢？”

她肯定比小鸟的阅读量要庞大得多，从刚刚的对话来看，她的头脑反应也比自己快得多。小鸟甚至觉得，推理小说中的名侦探，大概就是她这副模样。

岩永再次用审视的目光望着小鸟。

“小林同学为什么加入这个社团？你对推理也不太熟悉，还是个‘小白’吧？”

“嗯，我才刚刚接触。”

“可是，你却加入了只有社长一人、举步维艰的推理社。你不光不退出，还乖乖地帮他跑腿，这太不合常理了。是不是他抓住了你的把柄，强制你加入社团的？”

她又一次合情合理地戳中了小鸟的痛处。小鸟再次忽略这个质问，闪烁其词。

“这个嘛，倒也不是不能这么说。”

她似乎有些抵触，不愿老实交代。

岩永轻轻眯了眯眼，然后嘘了口气。

“你们社长真有意思。要是我置之不理的话，小林同学似乎会有麻烦。”

然后，她拿起书包，用手杖支撑着身体的重量站起身来。

“那我就承蒙邀请了。能带我去活动室吗？”

窗外雨声不息。岩永琴子不等小鸟回答，径自朝教室的门口走去。

“我承认，我想让你加入社团的动机不纯。你只要加入社团，一周来活动室露两次面就行了。我既不会要求你提供手机号码和邮件地址，也不会逼你读推理小说，更不会强制要求你编写社刊。如果你在活动室里打盹儿，我们可以小声说话。”

天知将岩永迎进活动室，亲自帮她拉出椅子，催她坐下。他坐到桌子对面，坦坦荡荡地表明自己的意图。小鸟像是要努力控制住他似的站在旁边，生怕他会吓到岩永。可天知那毫不遮掩自己的企图的态度，令她放弃般地无言以对。

看到岩永的唇边浮起淡淡微笑，天知继续说道：

“只要你加入我们，就可以自由使用这里。你可以在这里吃午餐，也可以放学后过来打发时间，把这里当成自习室或者储物间也行。对于没有朋友、融不进集体的你而言，在学校里有一个可以不必在意任何人眼光的避难所，你会很方便的。”

“社、社长，你不用说得这么直白！”

听到这番很有可能会伤害到岩永的自尊心的话，小鸟急忙将手放到天知的肩头，岩永却轻轻笑着制止小鸟。

“可是我原本就没打算在学校有私人交往，也不在意别人的目光，并不需要避难所。”

“朋、朋友可是很宝贵的！”

小鸟对岩永的见解表达了质疑，她却耸耸肩。

“有些事情如果关系不够亲密，就不好解释。跟我做朋友，很有可能不小心触碰到这样的领域。所以，如果不画一条清晰的界限，反倒会给对方带来麻烦。”

岩永似乎有自己的苦衷，所以决定在学校不与任何人亲近。虽然不知道是什么苦衷，可是，结合那些流言蜚语考虑一下，似乎的确不要过问比较好。

天知点点头。

“我们不会插手你的私事，只是想利用一下你这个人，因为不可抗力而产生的效果。”

天知优先考虑的归根结底只是双方的实际利益，所以才会提出这项交易。名为岩永的少女的外表可以用稚嫩来形容，他认定她会接受自己的提议。然而此时此刻，小鸟其实已经察觉到，岩永的内心与她的外表截然不同，她并不是一位被捧在手心里的千金小姐。她面对给人以强大压迫感的天知，居然不为所动。

“听到你说只是想要利用我，我倒是挺开心的。比起遮掩自己的真正企图，面带微笑接近我，我反而更欣赏你这样的态度。”

“多谢。”

天知点头道谢。岩永望着他，脸上虽然依旧维持着得体的微笑，瞳仁里却一片冰冷。

“可我没有充分的理由加入这个社团。”

这样可爱的一张脸，竟然能有这般锐利的目光。小鸟略有些吃惊。天知却一副尽在掌握的表情，坦坦荡荡地承认。

“是啊，不过你最好认识到你的立场。除我们社团以外，还有很多社团同样人员紧缺。还有一些社团虽然成员够了，但是为了多拿经费，想要多招社员。今后这样的社团很有可能意识到你的利用价值，纷纷向你发出邀请函。就连那些不敢接近你的人，为了解决燃眉之急，也会变得大胆起来。”

并不是说只要岩永琴子加入社团，一切都会顺利起来，但是在向学校申请经费和协商维持现状时，她应当会成为很好的筹码。如果除了天知以外，还有其他社团意识到她的这种价值，应该也会加入劝说她的行列。

天知仿佛是为了不给岩永留后路，继续说道：

“也许你只要到时候拒绝就可以了，但是如果来者众多，时间一久你会精疲力竭，有些社团可能被你拒绝了一两次依然不肯罢休，不小心踏入你不愿被人接触的领域的危险也会变大，不是吗？当然，你只要向学校或者令尊令堂哭诉就可以解决。”

此时，天知带着点挑衅的意味，又像是瞧不起人一般探出身子。

“你会这么做吗？”

若她是如外表一般的千金小姐，应该会去哭诉吧，可是岩永脸上却浮出一抹苦笑。

“不会，父母对我有些过度担心，要是因为这么点小事就向他们求助，他们肯定会更加无孔不入地干涉我。我可是好不容易才让他们允许我独立行动的。”

失踪足足两周，被找到时还失去了右眼和左腿，她既然有着这样的过去，恐怕无论多大年纪，父母都无法真正放心。那已经差不多是五年前的事了。在小鸟看来，她经历过这种过去，竟然还能泰然自若地独自外出，并且在昏暗的教室里打瞌睡，实在是过于大大咧咧了，这一点也非常可疑。

天知再次提议。

“所以，加入推理社有利于你维持风平浪静的日常，你不觉得吗？

我们肯定不会像其他社团那样干涉你。”

“也许吧。不过我觉得其他社团同你一样意识到我的利用价值，并且采取行动的可能性很低。怎么说呢，一般人怕是想不到这样的妙计。”

岩永面上虽然挂着微笑，回应却冷若冰霜，她一副“没事我就告辞了”的架势，将手杖捞到手中。

“于我而言这是杞人忧天，我还是没有理由加入推理社。”

小鸟也觉得她所言不虚，其他社团的运营再怎么难以为继，估计也很少有人会像天知这般考虑。

不过，天知似乎仍然有十足的把握，他相信岩永总有一天会改变主意。

“今天我就不难为你了。不过世事难料，推理社的大门随时为你敞开。”

岩永离开活动室，小鸟呆望了一会儿关上的门，叹了一口气。

“她这么可爱，没想到内心这么倔强，吓到我了。”

天知的表情虽然没有什么变化，却用满意的语气表示同意。

“岩永家的大小姐岂止是可爱，她在某些人中相当有名。据说越是有名的家族，越是不愿跟她扯上关系 。”

尽管她身上有很多谜团，不过似乎是个头脑清楚、可以做出冷静判断的人。

“但是，也正因如此，她才精准地看穿了你的弱点，并且拒绝了你。她说得对，并没有多少社团会像社长这样希望利用岩永同学。你太一厢情愿了。”

也就是说，她看穿了社长虚张声势的恫吓。

天知重新跷起二郎腿，抱起双臂。

“是吗？既然你想不到，我就告诉你吧。我接下来打算散布‘让她加入社团大有好处’的消息。当然，我不会暴露出自己是消息的源头。”

小鸟不禁眨了眨眼。

天知不仅仅是虚张声势，他连接下来逼迫岩永就范的计策都准备好了，甚至考虑到了仅仅利用这种传闻还不够。

“除此以外，我还要散布这样的谣言，‘岩永父母担心女儿在学校没有朋友，孤立无援，如果她能加入某个社团，他们会更放心’。如此一来，那些不仅仅是想利用她的社团也会蠢蠢欲动。有了正当理由，就更容易接近她。他们甚至会觉得，邀请她是一种善举。学校也会作出‘比起让她受到孤立，这样对她更好’的判断。只要她本人不主动控诉，应该无法阻止。”

既对社团有好处，又能满足岩永父母的心愿，即便她本人不乐意，各个社团还是会更加热情地邀请她，毕竟这都是为了她好。学校方面同样如此。而且，这种谣言也不能说是毫无凭据。

“谣言虽然是逼迫岩永上钩的策略，但是很像是真的。她的父母肯定也不放心她。”

“是啊，她很聪明，也通晓人情世故，给人的感觉却有些危险，太奇怪了。”

天知虽然打算利用岩永，但似乎也有作为人类真情流露的部分，他是在认真地为她担心。不过，他还是直截了当地下了结论。

“总之，应该用不到两周时间，就会有很多社团蜂拥到她面前当说客。到了月底，岩永琴子就是咱们推理研究社的一员了！”

只需要利用可以利用的东西，就可以不费吹灰之力，坐收渔翁之利。小鸟对天知的足智多谋无比钦佩，可又不由得道出脑海中浮起的担忧。

“常年读推理小说的人，大脑都会转得这么快吗？”

“智慧既是人的罪孽，也是人的品德。将它娱乐化的就是推理。是在水平线之上，还是在水平线之下，取决于阅读的人本身。”

这是个令人似懂非懂的回答。但是，小鸟也不由自主地认为，岩永琴子在天知的计谋之下加入推理社的可能性非常高。

次日放学，小鸟因为帮班主任办事，耽误了些时间，来到推理社的活动室的时间比往常稍晚。昨天的雨已经停了，一大早就风和日丽。小鸟照常推开活动室的门。

一开门，就看到坐在椅子上的岩永琴子和坐在她对面的天知社长。岩永琴子正一脸愉悦地翻阅着精装书，天知社长则神色沉痛地蜷缩着身子，手肘撑桌，额头抵在交握的双手上，宛如一位败军之将。

在某种意义上，要是二人的状态反过来，小鸟还不会这么困惑。倘若岩永因为天知的策略不情不愿地加入社团，岩永会很不开心，天知则会昂首挺胸、双手抱臂才对。

然而事实却截然相反。

“岩永同学，你怎么会来推理社？”

小鸟关上活动室的门，却没有往前走，疑惑地问岩永。岩永的目光离开书本，望向小鸟的脸，依然是愉悦的语气。

“从今天起我就加入社团了，以后请多关照哦。”

她的回答一点也不拐弯抹角。可是，小鸟还是花了一些时间才理解她的意思，接着，心头不由得涌现出一个根本的疑问。

“咦？可是昨天你才刚刚拒绝加入社团，而且……”

“你是不是想问，社长还没有放出谣言，所以，到目前为止还没有任何人来劝我加入社团，可是我为什么还是同意加入了呢？”

岩永仿佛看穿了小鸟的心思，直截了当地发问。

她说得没错，天知为了不让人追查到自己是谣言的源头，本想做好万全的传谣准备，所以还没有正式开始行动。因此，岩永还没有走到不得不加入推理社的地步。

岩永继续对瞠目结舌的小鸟道：

“我能预想到，社长为了让我加入社团，会散布煽动其他社团的谣言。将我邀请到活动室里，就是为了预先设局吧？对我来说，要是事情按照社长的设想发展的话，那就麻烦了。所以，我觉得必须在谣言散布出去之前采取对策。”

难道昨天岩永在离开活动室时，就已经看透了天知的计策，提前想好了对策吗？

“关键就在于小林同学为什么会加入社团，你与这个社团非常不协调。我本来以为你是被社长捏到了把柄，不得不加入社团，你的回答也让我觉得似乎就是如此。可是，实际到这里一看，我才觉得不大对劲。”

小鸟不知岩永想说什么，只能愣愣地听着她说下去。

“假设你是不情不愿地待在社团，但实际上，你却非常心安理得，对于有问题的社长也丝毫没有畏惧，反而跟社长距离很近。你在社长身边，社长似乎也很放松。”

岩永对小鸟和天知嫣然一笑。

“也就是说，你们两个关系很亲密，可以推测是情侣关系。小林同学是被爱情冲昏头脑，才会加入社团的吧？”

被一个比自己还小的娃娃脸少女直截了当地点破恋爱关系，还听到她说自己被爱情冲昏头脑，小鸟不禁羞得满脸通红，手足无措。

“呃……是的。我也没有其他感兴趣的社团，又见他因为社员太少而一筹莫展，所以就……”

“你们才刚刚开始谈恋爱吧？”

岩永简直像是一位神通广大的占卜师，不断指出小鸟连父母都没有告知的事实。她非常服气，只能乖乖承认。

“是从去年的十二月左右开始的。初三那年暑假，我在图书馆认识了他，在他辅导我学习期间，我对他产生了好感。我也希望升学考试能够多一份动力，就向他表白了。”

小鸟为了考上瑛瑛高中来到图书馆学习，却遇到了解不开的难题。想到这样下去恐怕是考不上了，不禁泪眼汪汪。这个时候，前来借阅外国推理小说的天知帮助了她。天知是从小鸟的习题集上留意到她的。她应该是为了考瑛瑛高中来图书馆的，也许会成为自己的学妹。猜测中，就看到了她流泪的一幕，于是就忍不住上前辅导她解题了。

岩永听完来龙去脉，似乎非常高兴。

“真是一段佳话。你正在和推理社的社长交往，却是一位推理小白，那就是说最近在他的影响下才开始读的喽？由此推断，你们交往的时间并不长。你是升学考结束后，才正式开始读推理小说的吧？”

完全正确。虽然小鸟不是完全不读小说，而且也会看带有推理元素的电影或电视剧，不过并没有特意去系统学习和阅读这类题材的名著或代表作。

天知也没有逼她阅读，不过，她觉得了解一下男朋友的爱好没有坏处，就在考试结束后，从天知那里学了很多专业知识，并阅读起了推理小说。幸运的是，推理小说很合她胃口，阅读过程非常愉快。

“还有个问题——你们两个似乎在隐瞒你们的情侣关系，看起来不像是吵架了，周围的人基本上也可以从你们的说话方式和称谓中察觉到端倪，但是，又没有任何人知道你们的关系。所以我猜测，你们是在学校有什么难言之隐，才会小心谨慎地刻意隐瞒你们的关系。”

岩永的推理一如既往地尖锐。小鸟只好招供。

“我爸爸对谈恋爱这种事管得比较严，在学习和学校生活上，只要我一松懈，他就会不分青红皂白地反对。我怕他会从同校的亲戚那里听到什么风声，所以在学校也要隐瞒这件事，直到我可以证明，即使谈恋爱我的成绩也不会下滑。至少要瞒过这一个学期。”

对于这样的判断，岩永理解地点点头，接着又用告诫的口吻提醒小鸟。

“可是，就现状而言，即使这一学期平安结束，你们的恋情也很难公之于众。”

“咦，为什么？”

小鸟完全一头雾水。只听岩永道：

“因为推理社实际上只有你们两个人啊。也就是说，一旦你们公开，这间活动室就会变成只有你们这对情侣可以自由使用的房间。一间处于恋爱关系的两个人可以为所欲为的密室，会有一种让人想入非非的氛围。就算这所学校里的学生大多很有教养，依然不免有人心怀嫉妒，会产生这种联想也无可厚非。”

小鸟从未想过要在校园里有什么不当行为，有些措手不及，但她确实曾经因为能够在活动室和天知独处而沾沾自喜。可以想象得到，有人会因此而眼红。

天知应该也能够像岩永一样，想象到周围的胡乱猜忌吧。

“当然，我不是说二位有那样的行为，但肯定会传出流言蜚语。这么一来，无论这所学校再怎么尊重学生的独立人格，也不能无视风纪吧？最坏的情况就是推理社被迫停止活动，活动室被学校收回。另外，对活动室虎视眈眈的社团，也有可能故意散布恶意谣言。”

小鸟加入推理社时完全没有考虑到这种可能性，还为此窃喜。她越来越深刻地感觉到自己的不成熟。不过，岩永并非当事人，却立刻就联想到这点，也很不寻常。她给人的感觉明明与那种下流的话题无缘。

“就算活动室没有被收回，只要谣言四起，小林同学就一定会暴露在好奇的目光里，你的父母也可能反对你们谈恋爱。所以，要是只有两个社员，你们就难以公然宣称是情侣。”

岩永说着，对一脸憋屈的天知宣言。

“所以，天知社长无论如何都必须早点招到新社员，他才想到了利用我的招数。”

这与小鸟听到的动机截然不同，她忍不住冲到天知面前质问：

“阿学！你想把岩永同学招进来的目的是这个？”

“在学校不要这样叫我，只有我们两个人时也不能放松警惕，毕竟不知道会被谁听到。而且，岩永同学还在呢。”

天知深深地叹一口气，安抚小鸟。岩永望着二人咯咯笑道：

“天知社长想快点跟小林同学公开秀恩爱。而且，要是一直瞒下去，你有可能会被其他男生追求，他为此坐立难安。你自己或许没有意识到，其他班也有很多男生夸你可爱。”

小鸟不记得自己听说过这样的夸奖，就算听说了，岩永所收到的可爱的评价，应该是她的数十倍。

岩永继续用调侃天知的口吻道：

“顺便一提，小林同学，你好像很关注在班级里独来独往的我呢。听说你想跟我说一次话？天知部长知道你的心思，觉得这是一个很好的机会，就故意让你来邀请我了。”

听她这么一说，自己确实曾经说过这样的话：“岩永同学身上虽然也有很多恐怖的传闻，但我好想跟这样可爱的女孩子交朋友。”

“你男朋友很靠谱嘛。而且，他不好意思跟你直说，所以在表面上宣称自己是为了维持社团而利用我，并执行了这个策略。”

岩永始终是一副开心的样子。小鸟恍然大悟——难怪走进活动室时，她觉得天知是一副败军之将的模样。在小鸟来之前，岩永已经用这种腔调将他的计策和企图拆穿了。而且，又是在小鸟的面前被无情地戳穿，所以此时一定非常狼狈。

不过，小鸟得知天知不露声色地为自己考虑了这么多，心里非常开心。

天知则有些难为情，大概是为了掩饰通红的脸，他捂住自己的嘴，难以置信地道：

“在你来之前我就听了她的推理。虽然没有证据，但我们的确在交往。所以我早就考虑到，假如我打算散布逼岩永同学加入社团的谣言，她有可能会以‘提前将我们的事传扬出去’威胁我。”

“啊，对啊。我们的关系要是暴露会很棘手，所以不能对岩永同学动手！”

小鸟总算理解，岩永看透了天知的真正目的，以至于形势发生了逆转。天知痛苦万分。

“要是我们的谣言比她的谣言先散播出去的话，在她加入推理社之前，我们说不定会先一步蒙受巨大的损失，这种风险太不划算。”

也就是说，岩永大获全胜。

小鸟却有些纳闷，难道是她的理解有误不成？本该是胜利者的岩永，刚刚坐在这里是怎么说的？

“可是，岩永同学，你刚刚说要加入推理社吧？”

岩永一脸满足地将整个身体的重量交托给座椅靠背。

“是的，尽管我非常讨厌按照某个人的计划行动，不过这也是迫不得已的。自古以来不就有‘宁拆一座庙，不毁一桩婚’的说法吗？我害怕自己遭报应。”

从岩永的态度和神态中瞧不出任何害怕之处，小鸟暗道：“反而是你更可怕哦。”可她不能把这句心里话说出来。

岩永就这样爽快地向小鸟和天知宣布自己落败。

“所以，尽管很不甘心，我还是决定按照天知社长的计划加入社团。只有这次，我甘拜下风。可以自由使用这个房间倒也不坏。”

她丝毫没有不甘心的样子，天知倒是比她遗憾得多。就结果而论，天知如愿以偿地让岩永加入了社团，可是胜利却仍属于岩永琴子。

天知也明白这一点，发自内心地发表自己的失败宣言。

“我不认为自己赢了，不过，欢迎你加入。可是我还有个疑问，只靠你掌握的信息，真的能够如此准确地推理出真相吗？我觉得你的推理更像是在得知真相后，再装模作样地将信息整合在一起。你应该也不可能一两天就能知道真相吧？”

言之有理。岩永的推理虽然正确，但过于迅速和准确，反而更像谎言。虽然推理小说中偶尔会有这样的名侦探，但放在现实中，就不那么容易接受岩永的说辞了。

小鸟突然灵机一动。

“难、难不成是使用灵异能力知道的？”

如果是岩永，这种解释便说得通。只要利用那种超常的力量，不就能看透任何真相吗？天知似乎也有怀疑这一点，他也看向岩永。

岩永翻着手中的书页，满不在乎地说：

“是吗？幽灵、神灵之类的，在本格推理小说中是不会出现的吧？”

这一点无法肯定，也无法否定，并没有定论。小鸟觉得说出这种话的岩永本人更接近神灵。她与天知对望一眼，腹诽道：

“现在这种情况，跟活动室被篡夺有什么两样？”

天知似乎也有同感。

就这样，直到毕业为止，小鸟与岩永在推理研究社共同度过了高中生活。

毕业后，小鸟再次听说岩永的名字，已经时隔两年之久，而且还伴随着一个令人紧张的话题。

虚构推理

沉睡的谜案

Sleeping Murder

第二章 六花归来

岩永琴子十一岁那年，曾被名为怪异的存在带走，将右眼和左腿作为代价，成为它们的“智慧之神”。也就是说，她成为帮助它们调停争端与纠纷的仲裁者，以及聆听它们一切问题的顾问。另外，它们在与人类社会打交道时偶尔也会遇到烦恼，她的任务就是解决这类烦恼，并在人类与妖怪中间斡旋，维护应有的秩序。

岩永如今已经二十岁，是H大学的大二学生。不过，她的模样与小时候几乎没有变化，有时看起来还像个中学生。

“还没有找到六花姐的行踪吗？”

某天凌晨，岩永听完藏身小巷的妖怪们的烦恼咨询，准备打道回府。在回家的路上，男朋友樱川九郎向她这般询问。当时，街上只有他们二人，在人行横道前等红绿灯时，他替她调整了一下头上的贝雷帽，问出了这个问题。

“我虽然偶尔会接到一些目击证词，不过，没有确切的消息能够锁定她的行踪。她已经失踪将近一年了。”

听到这个问题，岩永稍显烦躁地挥动着手中的红色手杖。

“我已经通知全国的妖怪，一旦见到她立刻告诉我。不过，就算它们见到她本人，也未必能即时汇报，她也是在刻意挑一些妖怪稀少的地点活动吧。要是她能在一个地方长时间逗留的话，那就另当别论了。”

岩永一开始也觉得应该能多收集一些线索，谁知效果这么不理想。至于六花，在“钢人七濑”事件结束以后，她也在刻意避免引人注目的举动。她的沉寂反而更加令人觉得毛骨悚然。

九郎是二十五岁的研究生，从外表来看，他只是一个其貌不扬的青年，可是他曾食用过人鱼和件这两种妖怪，并由此获得了不死之身和一种极为稀有的能力——决定未来的能力。他被所有的妖怪畏惧，任何妖怪只要感知到他的气息，就会惊慌逃窜。

岩永在机缘巧合下与九郎邂逅，对他一见钟情，并随之与他交往，在承担智慧之神的工作时，她也会请他协助。

六花是九郎的堂姐，她也吃了人鱼和件，拥有与九郎相同的力量。大约一年前，六花曾利用这种力量扰乱世间的秩序，如今似乎依然贼心不死。岩永和九郎为了阻止她，曾经试图将她看押起来。

九郎试探着开口：

“你和六花姐的关系是不是还挺好的？”

“这个嘛，还算挺好的吧。她住在我家的时候，我们好像还聊过这样的话题呢。”

六花曾经在岩永家住过一段时间，她们平时也常常会进行无聊的对话。岩永一边回忆过去，一边将她们的对话告诉九郎。

也不记得是怎么聊起那个话题的了。当时，岩永和六花正在奢侈地分吃一整块别人送的瑞士卷。她们在岩永家的日式房间里，面对面坐在将棋的棋盘前，一人拿一个摆着蛋糕的小碟子，一边用叉子吃着蛋糕，一边玩拆山*游戏。将棋被随意地堆在棋盘的正中央，二人轮流用一根手指不发出声响地将棋子挪出来。

本来是可以正常地下将棋的，但是对手是六花，跟她玩脑力游戏，似乎会消耗不必要的体力，岩永不想那么累。不过，因为彼此都不服输，所以连这种幼稚的游戏也玩得无比认真。

六花一边从将棋的山顶，将一枚香车的棋子轻轻地挪出来，一边问嘴里塞满瑞士卷的岩永。

“琴子，你最害怕的东西是什么？”

“这个嘛，我最害怕一杯热茶。”

说这话时，岩永正用餐叉叉起一块瑞士卷放入嘴中。由于口中过于甜腻想喝点什么，可是准备好的红茶已经凉了，杯子里差不多也空了。现在的她是真的想喝杯茶。六花却顿了一拍，爽快开口：

“我最讨厌你这一点。”

“咦？这个俏皮的回答哪里有问题？难不成你不知道落语中的‘害怕包子’这个典故吗？我刚刚是想通过引用一节古典落语，让你感受到我的文化修养，顺势将麻烦的问题搪塞过去，这可是一种很高

---

* 日本的一种游戏，将日本将棋的棋子随意堆在棋盘上，用一根食指将象棋取出来，过程中一旦发出声音，就换另一个人。

级的说话技巧。”

落语“害怕包子”的内容是这样的：有一个男人说自己害怕包子，周围的人都感觉好笑，为了吓他，便故意将很多包子放到他的枕边。然而，男人只是装作害怕包子的样子，却津津有味地吃掉了包子。周围的人这才发现，自己不过是被单纯想要吃包子的男人给欺骗了。在这个落语的收场语中，大家问这个男人真正害怕的是什么，由于男人吃了一堆包子，嘴里又甜又腻，所以回答“我讨厌热茶或苦茶”。

六花目光冷淡地回答：

“我是说，不要用古典落语中的典故，来敷衍人家认真的提问！还有，别一上来就用收场语部分啊，这不是剧透了吗？”

“古典落语有什么剧透不剧透的？”

倒不如说，在知道典故的基础上听，才是古典落语的乐趣所在。而且，不同的演员，在收场语的处理上也会有细微的不同。

“可是，就算你问我害怕什么，我也想不到有什么好怕的。”

岩永一边吃着瑞士卷，一边歪着脑袋想了想。

六花无奈地举例：“女孩子的话，不是会怕蜘蛛吗？”

“这个嘛，不久前有个全长将近三米的大蜘蛛来找我商量过事情，也没有那么可怕啊。它只不过是腿长而已，我一拳就能打爆它的头。”

“那蛇呢？”

“妖怪中也有体形大的蛇妖，我早就习惯了。我还盼着能有槌子蛇来找我咨询呢！”

“昆虫类……你好像也不怕呢。”

“要是害怕虫子，就去不了妖怪居住的深山或者废屋了。”

六花露出冥思苦想的神情，继续举例：

“那被九郎讨厌呢？哦，我忘了你们虽然在交往，可他确实讨厌你。”

岩永目瞪口呆。明明是她自己举的例子，竟然自己否定了，真不像话。

“他没有讨厌我！退一步讲，交往的时间长了，任何人都会有倦怠期，这有什么好怕的？”

“这么说的话，就算被九郎甩了，你也不怕？哦，你现在也跟被甩了没什么两样。”

“不一样！首先，就算我被甩了，也能想方设法让他回头。”

“你不觉得这种想法同跟踪狂没有两样吗？”

“你一个在我家吃闲饭的人，也好意思说出这种话啊。”

“谁让你父母喜欢我呢？”

六花绝非擅长交际的人，也一点都不善解人意，不过，她好像能轻而易举地俘获成年人的欢心。那纤细的身材和红颜薄命的气质，或许容易惹人怜惜吧。

“真搞不懂，我父母到底是看上你这个像‘间隙女’一样的女人哪一点了？”

间隙女是都市传说中的妖怪之一，她是一个躲在墙壁和家具的几厘米缝隙中，窥伺房间住客的女人，传说中要是与她对视，就会被她拖入冥界。

六花再怎么身材纤瘦，也不可能进入几厘米的缝隙。不过，她纤细的身材确实会给人留下那样的印象，身体也很单薄。

“你也真好意思对自己男朋友珍视的堂姐说出这种话啊。”

“所以说嘛，我要是告诉你我害怕的东西，肯定不会有什么好事。”

岩永也不耐烦地回答，然后反问：

“那么，六花小姐，你最怕的东西是什么呢？”

六花注视了岩永片刻，目光中殊无玩笑之意，她宛如蛇盯着猎物青蛙一般清晰地开口：

“我最怕的是你啊，琴子小姐。”

九郎吃过人鱼和件，受此影响变成了没有痛觉的体质，可是，听完这段令人莞尔的回忆，他却露出头痛般的表情，长叹一口气。

“你呀，彻底被六花姐讨厌了吧。”

岩永却无比意外。

“此话从何说起？从聊天过程来看，她最后的那句话，不是对我有好感的表现吗？你忘记‘害怕包子’了吗？”

那段落语讲的是因为喜欢包子而说讨厌包子的故事。所以，这样解释才合情合理。

当然，六花对岩永也有复杂的感情。至少她对岩永与九郎的交往并不那么乐意。

岩永将头上的贝雷帽摘下来，用手理着帽子上的褶皱，抬头望着夜空。

“不知她此刻在做什么呢……”

五月十四日，星期六晚上九点多，绀野和幸的女友冲丸美到他的公寓留宿，他住在一零一号房间。丸美像是突然想起来似的问他：

“话说回来，那个女人是谁？”

“什么女人？”

丸美已经在桌前落座，在她面前摆放着从超市买来的下酒菜。和幸正要从冰箱里拿出罐装啤酒，突然听到她这么问，一时没有反应过来她指的是谁。

丸美打开小菜的包装袋。

“我偶然看到了哦。上星期六的傍晚，你和一个又苗条又高挑的大美女走在一起吧？”

她描述得这么详细，和幸立刻就明白她指的是谁了。

“噢噢，那个人呀。我可没有劈腿哦！”

“我知道，她不是和幸喜欢的类型嘛。不过，她给人的感觉很不一般，不是吗？”

大概因为丸美个头很低，身材丰满，她才会自信地认为和幸不会被相反类型的女人吸引。她会这么问，肯定只是纯粹出于好奇。

面对丸美精准的第六感，和幸苦笑着说道：

“她是上周末刚刚搬到三〇五房间的邻居。”

“咦？那个房间能住人吗？那个人绝对有什么问题！”

丸美提高声音，语气里充满担忧。和幸坐在桌前，望着罐装啤酒。

“一个有问题的房间，住进一个有问题的人，也挺自然的……”

和幸现在住的地方，是一个有十五个房间的三层公寓，步行到最近的地铁站只要七分钟，一室一卫，正适合学生或单身汉居住。房租虽然便宜，但房子挺新，隔音也好，在远离市中心的公寓里或许算是受欢迎的了。这栋公寓就是被称为“事故房”的房源。

“她叫樱川六花，上周她只带了个大包，连家具、日用品、被褥都没准备就入住了。感觉像是只带了最低限度的换洗衣物和随身用品，就匆忙逃到了这里。我有点不太放心，就带她去附近能够买到廉价日用品和家具的地方买了些东西，还找朋友转让了不用的被褥，帮她搬了过来。”

这所公寓是和幸叔叔的房产，所以现在他可以说是公寓的管理员。和幸是一个在家办公的网页设计师，叔叔托他平时留意一下房客的需求和房屋的维护。如果房客遇到什么问题，也让他们去和幸的房间找他商量。作为交换，他给和幸便宜了很多房租。

和幸如今二十七岁，身为一名网页设计师，收入还不稳定，能够减轻一半的房租压力，对他而言简直帮了大忙。

“托我管理房子的叔叔从以前开始就很照顾我。公寓的经营也相当不易，所以我希望樱川小姐在这里居住的期间可以平安无事。”

“是啊，那个房间，一年左右已经有三个房客相继自杀了吧？要是连续有四人自杀的话，肯定不会再有人愿意租了。”

“连续有三个人自杀也是相当可怕的事故房啊。”

拥有这样的历史，即使那个房间被断定为逼人自杀的凶宅也无话可说。

事故房就是指那些发生过事故、自杀、谋杀等不吉利的事件的房屋或房间，大多数情况下都被租客敬而远之。毕竟每天都要在这里起居，按照人之常情，肯定希望能够避免此类令人心情沉重的空间。

最后只能通过降低房租或押金来吸引新的租客。因为也有人会觉得捡到了便宜过来求租，所以，有时这样的房子反而很受欢迎。不过，房东的收入却毫无疑问地打了折扣。

不过，只要新的租客能够安然无恙地住下去，久而久之，房间的不祥气息也会被冲淡，有时在寻找下一任房客时，可以将房租恢复原价。但是，要是新的房客再次死于非命，房间就更加难以租出去了。

和幸所居住的这所公寓的三〇五号房，不知是出于偶然还是超自然的必然，已经有三人相继在房间中自杀了，出租的难度可想而知。

和幸抬头望着天花板，示意了一下楼上。

“已经连续死三个人了，就连那些刻意选择事故房的房间租的人都有所忌讳，所以很久都没有找到房客，现在总算等到了愿意租的樱川小姐。”

“可她看起来一副随时可能死掉的样子，你不觉得吗？”

“和她聊天的时候倒没有这种感觉，不过还是挺让人放心不下的。现在虽然只是三〇五号房的问题，可是倘若因为那个不吉利的房间，导致其他房间也无人问津，或者导致现在的房客退租的话，那才让人头疼呢。”

正因为是一个小公寓，即使只是一个房间，只要给人留下不好的印象，就有可能波及整体，不容小觑。既然担负着管理员的责任，他就必须好好留意新房客。

丸美打开啤酒罐。

“也许是因为房租极其低廉，才容易吸引那些在经济和社会方面有困难的人。不过，那位樱川小姐来这里住的理由，是工作还是什么？”

“详细的情况我还没问清，我实在是开不了口。”

她要是有正当职业，肯定不可能只带一个包就跑到事故房来住，而且，要是不客气地询问，也不知问到的是不是正当理由，令人心里忐忑。

“刚刚见面，她也不好轻易开口。不过，提前知道才能小心防范啊。”

丸美喝了一口啤酒。正在和幸也打算打开啤酒罐时，房间的对讲电话响了。他起身开门，看到刚刚聊到的三〇五房间的房客——樱川六花站在门口。

“半夜打扰，实在抱歉。你在工作吗？”

比和幸还高的六花轻轻歪了下头。她的皮肤苍白，仿佛从未照射过阳光。说她苗条可能好听些，但她那纤细单薄的程度，甚至让人怀疑她有厌食症。

不过，她双眸闪烁着锐利的光，令和幸感到相形见绌。六花的打扮简单低调，只穿了一条勾勒出如花枝般纤细的腿部线条的牛仔裤，一件纯色 T 恤和一件外套。与上周和幸陪她买东西时是同一套装束。

和幸忙摇了摇头。

“没有，我女朋友来了，正打算喝一杯。”

“那太巧了。这个送给你，谢谢你上次帮忙。”

六花微笑着，将拎在左手中的超市购物袋轻轻地递给和幸。和幸接过来，看到里面有两盒六罐装的啤酒，一共十二罐。

“举手之劳而已。樱川小姐刚刚入住，开销一定很大吧？”

最近啤酒也涨价了，并不便宜。这暂且不论，六花胳膊那么细，亏她能单手把这么多罐啤酒拎回来啊。

望着满脸担心的和幸，六花笑道：

“今天的赛马彩票我中了大奖，这点东西不值一提。”

她说着，将插在牛仔裤后面的口袋里的信封抽出来，向和幸展示了一下。信封没有封好，装在里面的钞票露出了一截。从厚度和钞票的面值来看，搞不好跟和幸的年收入差不多。

“这么多钱，怎么能随随便便地插在裤子后面的口袋里呢？”

突然看到这么一大把超现实的钞票，和幸过于震惊，忍不住对她的没有常识提出意见。

“这点钱不值一提。”

六花对金钱之类的毫不在意，好像只要她有心就能随时中赛马彩票大奖一样。

这时，不知何时来到门口的丸美从和幸身后招呼她。

“樱川小姐，机会难得，要不要陪我们喝一杯？”

对于丸美心血来潮的提议，和幸小声问：“你邀请她干什么？”

“这不是打听她的个人情况的好机会吗？而且同性之间更容易交流。”

这的确是了解六花情况的大好时机。喝点酒的话，他们会更好开口，她也更容易打开话匣子。

和幸也重新把脸转向六花，附和丸美的话。

“是啊，大家一起喝酒更开心，而且有这么多啤酒呢。”

六花略微沉吟片刻，一脸无畏地答应了。

“那么我就打扰了。”

三人围坐在桌前，起初和幸和丸美只是聊一些普通的话题，在各自喝光一罐啤酒后，他们直接问起六花对那个房间的感想。她应该已经听说过，为什么那个房间的房租会如此便宜。不过，实际入住一周，她的心境应该会有所变化。

“我听说连续三人自杀的事了，不过我一点也不在意哦。”

六花像喝白开水一般喝着倒进杯子里的啤酒，她的皮肤依然苍白，仿佛永远也不会泛起红潮。她直爽地回答他们的提问。

丸美难以置信地继续问道：

“可是，你不会怀疑那里有古怪的幽灵或者被下过邪门的诅咒吗？据说，第一个在那里自杀的男人曾经说过‘天花板上有张脸’呢。”

天花板上确实有酷似人脸的污痕，在男子自杀后，和幸曾经前去现场更换天花板，可是自杀依然接二连三地发生。

“如果能就这么死掉反而比较痛快呢。”

听六花的话音似乎也有自杀的打算，可是她似乎对那个房间没有丝毫恐惧。

“而且，所有的事故房大抵都会附上合情合理的解释，证明房间跟传说中的诅咒和妖怪无关。那个房间不也是吗？顺便问一句，第一个男人的自杀理由是什么？”

六花的表情中有一种她并非此世之人的感觉，可她的思考却没有脱离现实。和幸维护着最低限度的隐私回答她：

“第一个死者是个四十多岁的单身汉，因为职场纠纷得了神经衰弱，结果就那样了。”

“也就是说，他的自杀理由和房间无关。后来，因为有人自杀的原因，那个房间必须降价出租，才更容易吸引有难言之隐的房客。这么说来，第二个人也有不得已自杀的理由，不是吗？”

她说得不错。第一次是由于司空见惯的不幸引发的自杀。可是之后租降价房的客人大抵也都有些理由。

“嗯，你说的也是。第二个人是个不到三十岁的女性，据说她被同居且承诺跟她结婚的男人狠狠地甩了，工作和住所都成了难题，不得已来了这里。尽管如此，她还是努力地重新开始了新生活。可是大概三个月后，她也自杀了。连遗书都没有留下，简直像是被上一个自杀者的怨念吸引了一样。”

六花对这种解释不屑一顾。

“这个人在被甩后立刻就去自杀也不足为奇吧？她挺了三个月，最终还是无法从失恋的痛苦中解脱，有一天，终于坚持不下去自杀了。这是个很普通的事件吧？跟离奇或超常的力量没有什么必然联系。”

话虽如此，可是租下这样的房间也不会有什么好心情吧？和幸无论如何都担心六花的安危，继续道：

“可是，第三个人并非如此。他是一个不到三十岁的工薪阶层男性，也在入住后不到三个月自杀了。这个男人工作一帆风顺，也有女友，乍一看完全没有自杀的理由。他既没有留遗书，入住时也不像有难言之隐的样子。不过，在他自杀后，警方做过非正常死亡的调查，结果得知他是在那个房间自杀的第二个女人的前男友。”

“把那个女人狠狠甩了的男人？”

六花饶有兴致地反问，脸上毫无惧色。

“嗯，很奇怪吧！偶然住进了自己甩掉的女友自杀的房间，这种概率很小吧？可是又找不到他故意入住这里的理由。前女友大概是因他而死的，但凡他有一丝罪恶感，都要避开这里吧？所以警方怀疑当初有什么隐情，做了调查，结果并没有发现有他杀的嫌疑，最后以突发性自杀结案了。”

这时丸美插了一句：

“在两人相继死亡的阶段，就已经谣言四起，很多人都在传，那个房间有什么古怪的东西，第三个人的死更是坐实了这种传闻。”

“那有没有可能是他甩了女方以后追悔莫及，也追随她自杀呢？”

六花用一般论否定了这种传闻，和幸却觉得她有欠考虑。

“在那个房间住了三个月，再追随她自杀吗？何况他还有新女友，勉强过着风平浪静的生活。”

到第二个人为止，都还可以用偶然来解释，可是到了第三个人，疑点就太多了，在三〇五房间作祟的诡异力量变得越来越强大。

不过，就算说出这些也吓唬不到目前住在那个房间的人。

“樱川小姐不介意的话当然好了，但是如果感到有什么不对劲的地方，请一定告诉我，千万别客气，就算立刻搬出去也没关系的。”

名为六花的女性原本就有些阴郁。虽然不能说她看起来马上就要自杀，可她本人看似会被幽灵或不祥的怨念所召唤。

“谢谢你们这么替我担心。”

六花尽管淡淡地道谢，但她似乎坚信不会发生那样的事。

这时，丸美用自然的口吻询问起和幸最关注的那个问题。

“请问，樱川小姐为什么会租那个房间？你好像没怎么做搬家的准备，也不像囊中羞涩的样子。”

那个又厚又鼓的信封被她大大咧咧地丢在桌子上。插在牛仔裤的后口袋里固然不合适，像这样满不在乎地丢在外面又怎么样呢?

和幸本以为她不会回答，谁知六花喝了一口啤酒，一边将手伸向下酒菜，一边含糊地回答：

“比我小三岁的堂弟，被一个性格恶劣的丫头抢走了。”

“……哦。”

听到她这句没头没脑、不知所云的话，和幸只能这样附和。六花目光悠远地继续开口：

“虽然我乐观地想，就算我不插手，他跟那样的丫头也走不到最后，没想到他们的关系却越来越好了。我觉得这样下去不行，鼓足了劲想要拆散他们，可是那丫头性格实在太过恶劣，完全不肯撒手。”

六花大概非常受不了那个女孩，深深地叹了一口气。

“要是我和我堂弟是正常人，应该能跟她彻底断绝关系，可是我费尽心思，还是都被那个坏心眼的丫头给破坏了。结果事到如今，必须躲起来的竟然是我。”

“正常人?”

和幸感觉她说这个词时感情尤为强烈，不由得问出口。六花却用揶揄的口吻对和幸道：

“没别的意思。那丫头实在太不正常了，她今年也要二十岁了吧。只是因为这里对我来说是个绝佳的地方，方便我冷静地思考今后的对策，所以才暂时租下来躲一躲风头。要是被那丫头发现的话会很麻烦，所以我应该不能待太久。”

即使听了她的解释，和幸仍旧云里雾里。只隐约明白了六花是因为那个坏丫头如今才四处躲藏。和幸产生一种她与犯罪有关联的预感，但六花似乎猜到了他的想法，笑着摆了摆手。

“我没做什么违法的事，不会给你们添麻烦的。”

对于她的话，和幸无法判断有多大的可信度，不过要是与犯罪有关，她应该会更加忌讳，而且也不会动作优雅、毫无警惕地在别人家喝酒。

六花突然露出一抹忧郁、沮丧的神情。

“可是这么下去，我那个堂弟肯定会被那丫头狠狠地甩掉，陷入不幸。他恐怕无法理解吧，毕竟他是个很迟钝的人。”

然后，她冥思苦想般皱起眉头。

“要是能借助某些事件，让他看清那丫头的危险性就好了，不知能否等来这样的机会。如果不快点想到办法，可要来不及了。”

好像比起自己的处境，她更担心自己的堂弟。她的气质虽然有些高冷，但这般为别人着想的样子，却让人感到一丝人情味儿。

丸美似乎也很意外，用安慰的口吻对六花道：

“你那个堂弟对你很重要吧？”

六花喝了一口啤酒，一副没劲的神情嘟囔道：

“他本来应该是我的人啊。”

也就是说，她非常不满自己的堂弟被那个坏丫头抢走。

和幸和丸美都不好再问下去。

过了一个钟头左右，六花回自己的房间去了。她刚出门，和幸和丸美忍不住同时开口：

“连她都认为‘性格恶劣’的人，究竟是个什么样的女孩呢？”

“应该是个在各种意义上比她更强势的女孩吧？”

和幸的脑海中不由得浮现出那个女孩的模样——顽固、貌美，比六花高挑、仗着年轻趾高气扬，令人没有任何好感的傲慢女人。

此后，和幸的担心似乎是完全多余的，六花在公寓里过得非常舒心，全无自杀的苗头。

她不上班，时不时出去赌马赚钱，这或许有违公序良俗，不过她似乎逢赌必赢，没有任何倾家荡产的前兆。有一天，和幸对她说：

“你的运气这么好，简直像是可以看透未来一样。”

“我不是能看透，而是可以决定。不过，我只能决定可能性较大的结果，猜不中太大的奖。”

她的回答同样让人摸不着头脑。

而且，六花就算赚到一大笔钱，也不会大手大脚地浪费。她身上穿的总是那几件衣服，房间里也还是最初的那几件家具，一日三餐要么是超市的便当，要么就是家常小菜，生活非常简朴。她连电视、冰箱、微波炉都没有，即使靠赌博捞了一大笔钱，她也过着清贫的生活。

对于她的这种生活态度，旁人也不好多嘴多舌。

望着她不施脂粉的侧脸，和幸问道：“你赚这么多钱做什么？”

“要对抗那个坏丫头，活动资金越多越好。”

她只是这般回答，没有多余的解释。

丸美每次来和幸的房间，也经常打听六花的情况。

“其他的房客是怎么看待樱川小姐的？”

“大家对她的评价都挺好的。她虽然有些让人害怕，但是外表楚楚动人，会让人忍不住想要帮她一把。”

“毕竟她是美女嘛。”

包括学生在内，这所公寓里的房客一大半都是单身男性，女孩子只要容貌出众一些，生活就会方便很多。

“还有，前几天她还帮了个差点被车撞的小学生。因为这个，附近邻居对她的印象都很好。”

“是吗？”

有个低年级的小学女生差点在路上被汽车撞到，六花飞奔过去，将那个女生撞到了汽车行驶方向的外侧。

“结果樱川小姐被撞了，还飞出了十米左右。”

“那样樱川小姐会死吧！”

丸美会这样说是理所当然的，当时在现场的和幸的第一个想法也是没救了。

“但是，她本人虽然被重重地摔在柏油路上，滚了十来米远，却像没事一样站了起来，后来去医院检查，居然连一处擦伤都没有。”

“怎么会这样？”

和幸记得，见到她毫发无伤，被救的小学生的监护人和汽车司机也都觉得无比庆幸，但却无法理解眼前莫名其妙的结果。因为无论是考虑到当时汽车撞击的力道，还是考虑到她落地的方式，都不可能毫发无伤，这让他们大惑不解。

“当时问她本人，她只是说‘时代剧里不是偶尔会出现被刀砍了却毫发无伤的情节吗？对了，就是用刀背砍人’。”

她若无其事地回答，像是根本没有发生过事故似的。

“汽车哪里有刀背？而且就算用刀背砍，也可以砍死人啊。日本刀就算没有刀刃，也是不容小觑的钝器，可以轻易地把头盖骨打碎。”

丸美说得非常对。甚至有时被刀刃砍到，伤势反而会更轻一些。但是六花毫发无伤却是确凿的事实，只能认为是她与汽车相撞的位置比较好，落地时又通过缓冲动作之类的分散了冲击。

“她或许是个被幸运眷顾的人。”

对于和幸的意见，丸美皱起眉头。

“可是，她的堂弟却被坏丫头抢走了，而且她自己还在东躲西藏。樱川小姐根本就是头上悬着一颗‘扫把星’嘛！”

“你说的也是。”

要是她被幸运眷顾的话，那么根本就不会被车撞飞。

和幸越发担心，六花今后能否平安无事地在那间不断有人自杀的房间里住下去了。

七月的最后一个星期五的晚上，八点多。独自在房间工作的和幸听到对讲电话响了。谁会在这个时间来访呢？和幸疑惑地打开门，发现六花提着包站在那里。

“半夜打扰，不好意思。我堂弟和那丫头似乎知道我住在这里了。”

“哦？”

和幸大吃一惊，六花却毫不慌乱，仿佛一切都在她的预料之内，而她此刻正在从容不迫地采取行动。她的语气沉稳。

“事发突然，我得就此告辞了。虽然也没有什么家具，不过房间里留下的东西，你全部替我处理掉吧。这是一点辛苦费，不成敬意。由于我突然消失，那个房间或许又会传出不好的谣言，‘就算她没死在那个房间，也有可能是偷偷在其他地方自杀了’，流言蜚语也可能会往这个方向发展。”

她嘴上说“一点”，却递来一个装了厚厚一沓钞票的信封，就辛苦费而言，这实在是太多了。和幸不知该不该收，犹豫不决间，六花轻轻地将它放在鞋柜上，她像是突然灵光一闪似的补充说道：

“对了，我堂弟和那丫头近期会来拜访。届时，那丫头应该会将那个房间的房客相继自杀的正当理由告诉你吧。以后你就可以放心地将那个房间租出去了。”

六花的话依然让人难以把握意图与含义，她将房间的钥匙放在信封上以后，向和幸低头致意。

“承蒙你关照了，请多保重。”

和幸连阻止都来不及，六花便同她入住时一样，一身轻巧地拿着包离开了。和幸慌忙从门厅跑出去，对着她纤细的背影喊道：

“对了……祝你和那位堂弟能够好好相处！”

六花停下脚步，回过头对他微微一笑，脚步轻盈地走远了。

和幸非常后悔刚刚没能说些更机灵的话。

两天后的星期天，上午十点多，就像六花预言的那样，有两个人造访了和幸的公寓。和幸与昨晚住在这里的丸美一起在公寓前接待了那两个人。不过，见到二人的第一眼，他不由得愣了片刻，旁边的丸美亦是如此。

其中的一人抬头望着公寓，有些遗憾地开口：

“该说她第六感很准，还是她成功地决定了未来呢。被她早一步溜掉了呢。”

然后，那个人转向和幸和丸美，摘下头上的贝雷帽，一边轻轻挥动着握在右手中的红色手杖，一边向他们鞠躬。

“周末一大早，给你们添麻烦了。我叫岩永琴子，这位是樱川六花小姐的堂弟樱川九郎，也是我的男朋友。”

被称为九郎的青年站在岩永身旁，虽然身材颀长，但气质却很朴素，存在感很低，他也低头致歉。

“六花姐给你们添麻烦了。”

“啊啊，没有，你们太客气了。”

和幸也不由得弯下腰，对他们摆了摆手。

这个女孩和这个青年一定就是六花口中的坏丫头和堂弟。大概是受到六花的感情影响，在见面之前，他对这二人没有什么好感。可是，堂弟的模样并不出乎他的意料，女孩却同想象中的形象截然不同。他略有些混乱，那份反感也在某种说不清道不明的情绪中烟消云散了。

自称岩永的少女身材娇小，楚楚动人。无论是蓬松的头发还是白皙的皮肤，抑或那大大的眼睛，都再协调不过，甚至令人不可思议于她竟是活人。在她身上也全然感受不到六花挂在嘴边的“性格恶劣”。最重要的是，听说她今年二十岁，眼前的这位少女看起来却顶多十五岁。

和幸忍不住凝视岩永，少女却对他嫣然一笑。

“你觉得我有什么问题吗？”

“没有，就是……你的年龄与我从樱川小姐那里听说的有些对不上。没想到，她堂弟的女朋友居然会是像人偶一样的大小姐。”

“什么人偶呀，我是有血有肉的人哦。”

岩永谦逊地笑笑，被她拽在身边的九郎则补充说道：

“而且，岩永毛发这么浓密，与人偶可差远了。”

就算是为了强调她与可爱的人偶不同，身为男朋友也不至于将话说到这个份上吧。即便这是事实。岩永果然激烈地反驳九郎。

“你说谁毛发浓密！完全没有这回事好吗？九郎学长以前不是还惋惜地说‘你这样的身体当不成裙带菜酒的酒器[*]’吗？”

“我不记得我惋惜过这种事，首先，我根本不知道你说的酒是什么意思。大概是什么贬低我品行的东西吧。”

和幸边听边想，这番对话的尺度可真大。只看表情，丸美也跟他一样，仿佛在说“这丫头性格果然恶劣”。

岩永清了下嗓子，再次与被她吓得呆若木鸡的和幸对话。

“让你们见笑了。我们从去年起就一直在寻找六花小姐，能否向你们打听一下她在此地的生活情况？就算只能提供参考范围也好。”

和幸与丸美对视一眼，最终决定将二人请到房间。

和幸与丸美将从其他房客那里也能获知的信息，粗略地说给了来访的二人。比如她住在事故房中，邻居对她的印象不差，以及星期五夜里突然消失等情况。

听完他们的话，岩永无比沮丧。

“住在事故房里或许是一个盲点。但是，邻居怎么会觉得六花小姐那种像妖怪‘濡女[**]’一样的女人是好人呢？”

---

* 日本艺伎座敷艺的一种，女性裸露身体，由正坐姿势开始，上半身向后靠，并向大腿和下腹部形成的凹处倒酒。将女性自己的身体作为酒器，是日本传统性文化的一部分。

** 即海边的女妖，被认为是溺死的女人的亡灵所化。又称海女、海姬等。

“是你将六花姐想得太坏了吧。”

“我说，为什么你放着女朋友不帮，却帮你的堂姐说话？算了。我刚刚的话对濡女太失礼了。”

面对九郎的指责，岩永极力反驳。和幸一时想不到“濡女”是什么样的妖怪，但似乎并不是善意的评价。和幸从眼前的情形判断，最好将六花评价这二人的话隐瞒不表，于是便选择了沉默。尤其是岩永，那些话还是别让她听到为妙。

丸美百思不得其解地追问他们：

“你们到底为什么要找她呢？她看起来不像坏人，而且，她不得不四处躲藏，不就是被你们二位逼的吗？”

这也是和幸关心的重点。岩永面露难色，闪烁其词。

“我们也不是要将六花小姐抓住吃掉。怎么说呢，要是放任她自由，会给社会带来灾难，或者说铸成大错。”

这个解释与六花那让人云里雾里的话如出一辙。九郎也苦笑着附和。

“硬要说的话，或许一直都是六花姐在逼我们。”

完全不明就里。不过，确实能感觉到，二人因为六花而焦头烂额。另外，这两个人看起来不像坏人，所以他们难以咄咄逼人地追问。

接着，九郎换上严肃的表情问和幸：

“关于今后的行动，六花姐有没有说过什么含糊的话？”

和幸有些犹豫地瞟了一眼岩永，有些保留但又诚实地回答：

“她说想在这里冷静地思考今后的对策，详细的情况好像……”

和幸有些踌躇，不知该不该继续说下去，他给丸美也递了个眼神，向她求助——他该不该说六花想让堂弟这位青年和岩永这名少女分手的事呢？六花并没有嘱托他保密，可是他觉得那并非可以轻易告诉别人的话。

九郎还想追问，但似乎判断出强行追问会起反效果，又将张开的嘴闭上了。

岩永似乎也不想逼问和幸他们，只是抱怨般嘁起嘴来。

“多亏她这次在一个地方逗留够久，我们才能追查到踪迹，不过又被她溜了，实在太麻烦了。”

然后，她郑重其事地挺直腰，递给和幸一张名片大小的纸条。

“今天多谢你们。关于六花小姐，要是你们想起来什么，请联系我们。有其他困难也请随时找我们商量。”

那是一张没有任何人情味的白纸，上面只写着电话号码和邮件地址，非常事务。和幸接过来。说起有事找他们商量，他便不由得想起六花所住的三〇五房间的事。

岩永仿佛察觉到了一般，目光移向天花板，示意了一下公寓的楼上，毫无顾虑地继续道：

“目前你们的困难就是六花小姐住的那间事故房吗？请放心，那间房并没有幽灵或诅咒之类的奇怪的东西。只要不让有自杀倾向的人入住，同样的事就不会再继续发生了。”

由于眼前这位楚楚动人的少女过于轻易地断定房间里“什么也没有”，和幸和丸美都眨了几次眼。

岩永完全不在意他们两个人的反应，做出解释：

“第一个自杀者显然有自杀的理由，第二个人有精神上的问题，会自杀也不足为奇。自杀不断也有房租便宜等方面的关系，只不过是一些偶然因素的叠加罢了。”

六花也是这样解释的，可是接下来的那个人才是问题。面对岩永的断言，和幸感到压力沉重，反问道：

“可是，第三个人不能这样解释吧？第二个自杀的女人的前男友，为什么会特意租下那个房间，并在三个月后自杀呢？”

只要不能合理地解开这个谜团，就只能认为三〇五房间是一个自杀的房间。

闻言，岩永语调轻快地回答：

“因为那个男人非常胆小，必须要亲自确认才肯罢休。”

得到一个完全看不到关联的答案，和幸和丸美都没有反应过来，岩永滔滔不绝地跟他们解释：

“被自己狠狠甩掉的前女友，在三个月后自杀了，那个男人就算不会被法律追责，也会被周围的人指点，并且会遭人白眼吧。他还会受到前女友的亲戚的怨言困扰。”

这种推测很合理，和幸权且听了下去。

“男女之间，即使是在有正当理由的情况下分手，女方也可能因为过分的臆想而感觉自己被狠狠地抛弃了。但是，就她的情况来看，死因确实大部分在男方身上。精神正常的人应该会接受这样的事实。站在男方的立场，就算周围的人什么都不说，没有责备他的意思，他也会产生自责感，即使他表面上装出一副若无其事地过日子的样子。”

“嗯，是啊，只要不是特别没心没肺的人，都会因为罪恶感而产生心理负担吧。”

和幸也同意岩永的话，丸美却一副“正因如此才不敢苟同”的模样反问：

“照你这么说，他就更不可能搬进前女友自杀的房间吧？搬进去之后罪恶感不会更强烈吗？”

岩永闻言，露出一抹同情那个男人的微笑。

“所以，那个男人才忍不住要去确认呀。他想确认，她的死因不在自己，而是在于她住的房间。正是在罪恶感的驱使下，男人才试图寻找能够转移责任的理由。”

转移责任。听到这个说法，和幸与丸美不由得同时惊讶出声。

“那个女人死亡时，不是因为连续有人自杀而谣言四起，说那个房间有什么东西在作祟吗？房间里有超自然力量在作祟，就是那种力量在引导入住者自杀。这样的谣言更容易添枝加叶，也更容易被人夸大其词。比如，在那个房间里从以前开始就连续出现自杀者，在墙壁和天花板中埋有死者的头发之类的。”

“嗯，我也听说过类似的说法。”

丸美听得目瞪口呆，频频点头。岩永用目光向她致意，继续说起自己的推论。

“听说这些谣言的男人心想，前女友的自杀是房间的错，要是这样的话，自己或许就不需要负责了。于是，为了确认那个房间是不是真的有幽灵，他主动搬了进来。”

对于精神状态变得如此不稳定的男人，和幸也开始有些同情了。

“即使现实中真的存在幽灵，也不知道男人身边的人会不会相信。但是，只要他本人去体验一下的话，就能确信‘她的自杀不是我的错，是幽灵的错’，心里就能轻松多了吧。而且，他打算只要确认了有灵异之物作祟，就立刻离开房间。”

面对岩永的假设，丸美用错愕的语气提出疑问：

“确认？知道那种东西实际存在才更恐怖吧？”

“他是觉得，灵异之物是附体于那个房间的，只要他离开那里，对方应该就无能为力了。但是，罪恶感却时时刻刻萦绕在他心头，令他无路可逃。而且，他还能感觉到周围人对他的指责。每个人都有自己害怕的东西。至少在那个时候，对于男人来说，比起妖怪，罪恶感更加可怕。”

虽然稍微有些错乱，但确实言之有理。

不过，这样的解释仍然有不合理的疑点。

“那么，那个男人为什么自杀呢？他不是打算找到作祟之物以后就搬离房间吗？那他被逼死的理由又是什么？”

和幸刚提出质疑，就被岩永打断了。

“恰恰相反。因为房间没有任何东西作祟，经过三个月后仍然没有发生任何离奇现象，所以他才被逼死了。因为什么也没发生，才更能证明前女友的自杀不是房间的错，而是他的错。于是，他的罪恶感变得更加强烈。男人最终无路可逃，心态崩溃。”

和幸和丸美同时发出恍然大悟的感叹。

岩永有些戏谑地继续说下去。

“本来是为了寻找可以转移责任的东西才大费周章地搬了进来，结果摆在面前的却是‘什么也没找到’的事实。也就是说，他拼尽全力将罪恶感抛到一边，努力逃避，结果那份罪恶感却气势汹汹地卷土重来。他大概就想一死了之吧。”

和幸顿时感到浑身无力，忍不住提高声音。

“他不是因为房间有异常而自杀，而是因为没有异常才自杀的吗？”

“是的，男人没有留下遗书，既有可能是因为他的精神已经无比脆弱，没有精力写遗书，也有可能是他觉得不留下遗书去死，可以让周围的人认为，他也是在房间里的灵异力量的逼迫下自杀的。他前女友的死，同样是因为那个房间有那样的力量，与他无关。至少在他死后，不会再受千夫所指，这大概是他最后的挣扎吧。”

丸美听完这一解释，脸皱成一团。

“他可真想不开啊。自己故意莫名其妙地死掉，将不存在的东西伪装成存在的样子，竟然只是为了尽可能地逃避自己的责任……”

和幸也有同样的感想，但岩永却没有维护男人的意思，提出了另一种观点。

“有可能吧，但男人的家人或许能因此保留一些颜面。因为，他觉得自己最终很有可能在害死女人之后负疚自杀，而这种真相只会让留下的家人更痛苦。于是，他便准备了这样一条后路，可以说这是他最后的牵挂吧。正因为他自己无路可退，只能去死，他才会这样做。”

不知该说岩永善良，还是该说她公平，她这般为她的解谜收尾。随后，她咯咯笑着说：

“我就说嘛，相信幽灵或妖怪不会有什么好结果的，这就是一个样本。”

这是一个颇煞风景的结论，但也是一个很有道理的劝诫。然而，不知为何，九郎却在岩永身边叹了口气。

和幸与丸美站在公寓前的马路上，目送着岩永与九郎的背影远去。二人在解开三〇五房间的怪诞之谜以后，便礼貌地告辞，离开了房间。

看不见二人的身影时，和幸与丸美并肩立在马路上，他虽然没有自信，但是觉得应该问一下丸美的意见，于是开口：

“那两个人，看上去关系很好吧？”

丸美也一副不自信的神情点头同意。

“嗯，特别是樱川小姐的堂弟，他似乎很在乎岩永小姐。”

“无论是坐着还是站着，他都不动声色地关心着她的一举一动，一直跟她保持着亲昵的距离。”

“但是岩永小姐性格很恶劣啊。”

“是啊，挺恶劣的。”

只有这点二人可以笃定。虽然与从六花口中听说她性格恶劣时，他们所理解的意思不大一样，但那丫头绝对算是性格恶劣。

丸美的表情更加没有自信。

“樱川小姐是不是只是因为堂弟被抢走了，而在吃她的醋呢？她堂弟跟岩永小姐在一起时，也不见得会陷入不幸。”

“谁知道呢。即使现在看起来挺好的，将来的事可说不准。”

和幸也没法明确地回答。

“我们是不是不该随便介入啊……”

岩永与九郎一起走向距离公寓最近的车站，据说步行需要七分钟。但是，像她这种情况会花多久呢？房产中介一般不会写上如果左腿是义肢会用时多久吧。

“关于那间事故房的解释，是真的吗？”

岩永正在思考房产中介的事，行人陆陆续续渐行渐远，此时她听到了九郎的询问。两人已经交往很久了，因此只从声音就能推测出他的表情。岩永作出回答。

“只有这么一点信息，在毫无准备的情况下怎么可能推断出真相？也许第三个自杀的男人是个无比没心没肺的人，即使前女友死了他也毫不在意，只是因为房租便宜就开开心心地搬进来了。他可能只是遇到了诈骗，走投无路才会选择自杀，相关人员害怕丢人，刻意保持沉默，仅此而已。”

只要她有心，就能列举出三四个合情合理的假设。

“我提出的只是一个与事实没有矛盾，最容易接受且耐人寻味的解释。因为，当时最需要的就是打消公寓管理员的顾虑。”

“看来我猜得没错呢。”

因为时间仓促，准备又不充分，她能够处理得这么好，其实应该给予她最高的褒奖，但九郎不知为何有一种己方在欺诈的感觉。

岩永却觉得男朋友的看法应该被纠正。

“我可不是不负责任哦。那个房间没有任何东西作祟，这是事实。今后也没有发生怪事的可能性。”

所以，岩永的处理方式是最妥善的。这一点九郎事先也知道，并且默认。

“话说回来，六花小姐住的房间不可能有幽灵、妖怪或诅咒作祟吧。即便有东西作祟，它们反倒会被六花小姐给吓跑，或者它们会先跑到我这里来报告她的行踪。”

六花和九郎一样，也受到了吃下去的人鱼和件的影响，变成了被妖怪恐惧的人。无论那里原本有多少凶恶的妖怪赖着不走，恐怕都忍受不到半天吧。更何况，虽然也存在有怪异在事故房里作祟的例子，但多半都是错觉和牵强附会的解释。

“必须快点阻止六花姐。”

九郎嘟囔道。岩永也表示同意，不过她更在意另一件事。

“可是，六花小姐是怎么说我的呢？她绝对会将我编排成一个性情恶劣的女人。”

通过公寓的二人看向岩永的眼神可以想到，他们绝对被灌输了恶劣的印象。

不过，九郎此刻仍然没有帮岩永说话。

“我觉得天不怕地不怕的你，性格确实非常恶劣。”

“我也有怕的东西啊！”

“比如呢？”

“比如我害怕听到半钟*，因为那意味着计划半途告吹。”

九郎听到这个回答，皱眉思考了片刻，终于开口：

“你说的是《火焰大鼓**》吧？”

不错，这也引用自有名的古典落语的收场语。

“不愧是九郎学长，与六花小姐完全不同。”

---

* 通知火灾时用的警钟，钟声与“半途告吹”是谐音。

** 日本经典落语。旧货商甚兵卫廉价收了一个破旧的大鼓，一位武士主公觉得这鼓声不同寻常，经鉴定发现是传说中的宝物“火焰大鼓”，于是出高价买下。甚兵卫尝到甜头，说下次要将“半钟”买下来，他老婆慌忙阻止：“买那个可不行，引来的不是武士，而是灭火的。”

果然还是九郎有学识，但他似乎无法接受岩永的回答。

“都叫你不要拿落语的收场语来唬人了，这种花言巧语可一点也不高级。”

“男女之间适当保留一些秘密，以后才能更顺利哦。”

岩永相当女孩子气地敷衍道。

第三章 为了明天

八月即将结束时，大学生天知学掩饰着自己的困惑，在酒店最顶层的中餐馆包间内落座。几天前，平时不大来往的舅舅突然约他吃午餐，还要顺便跟他商量一件不方便在电话中谈的要紧事。他来赴约，有一半是被逼无奈。直到他来到这里，都没有想到什么头绪。

“抱歉，这么突然约你出来。”

舅舅藤沼耕也与他相对而坐。天知心想，原来你也知道这么神秘兮兮地叫我出来有些冒昧啊。他苦笑着说道：

“舅舅，您才是难得有空呢。已经两年左右没见了吧？上次见面还是我大一的时候。”

耕也的年龄将近六十岁。他的外表很显年轻，说他四十几岁也有人信，不过，他是母亲的兄长，所以不可能比母亲的年纪小。他比体格健壮的阿学还要高大一些，五官也很精悍，年轻时代自不必说，就连现在，他的身材和容貌也很吸引女性的目光。

他经营着一家业务遍及全国的二手车销售公司，据说非常忙。他们之间，顶多就是在家庭聚会上打声招呼，闲聊几句的关系。所以，私事上应该没有交集才对。

耕也叹口气。

“已经两年没见了吗？我这个当舅舅的啊……”

帮他们点完单的服务员离开以后，阿学想要避免这种不愉快的状态继续下去，直入主题地问道：

“所以，舅舅这么郑重其事地找我出来，到底有什么事？”

耕也同样不想多废话，立刻换上认真的语气。

“我记得你是私立瑛瑛高中毕业的吧，你认识岩永琴子吗？”

阿学冷不防听到这个他想要尽量从记忆中抹去的名字，不禁呆呆地重复了一遍。

“岩永琴子？”

耕也像是觉得这个名字很棘手一样，补充说道：

“你起码听说过吧？就是那位小时候不知被何方神圣掳走，失去了一只眼睛和一条腿的岩永家的大小姐。”

阿学岂止听说过，仅仅听到这个名字，他的脑海中便鲜明地浮现出那小巧玲珑，宛如冰冷的人偶一般的身姿。那身姿鲜活得让他烦躁。

在耕也看来，阿学的反应有些迟钝，他语气重了一些继续道：

“她比你小一岁，之前也在瑛瑛高中上学。她好像是个很有名的女孩，你在校时有没有听说过什么传闻？我正在收集关于她的资料。比如她喜欢什么食物、喜欢什么类型的男人，等等，你要是认识她的同班同学也行。”

见舅舅这么认真，阿学不由得开始担心，那个岩永琴子又在搞什么名堂。

不过，他担心的不是岩永，而是舅舅的命运。

服务员将他们点的饮品乌龙茶和前菜海鲜沙拉送上来后离开包间。阿学心情沉重地想，自己都高中毕业了，正过着风平浪静的大学生活，这个岩永琴子怎么还阴魂不散？

他问耕也："您要是想收集关于她的信息，比起不靠谱的传言，倒不如委托调查公司。舅舅的话，找家能够信赖的公司还不是易如反掌？"

耕也听后，略微压低声音。

"你不知道吗？关于她有一些诡异的传言。据说，要是随意接触与岩永家有关的事业或业务，一定会遭遇厄运，相反，如果向岩永家寻求忠告，必然可以一帆风顺。尤其是那些原因不明，具有超自然现象性质的不吉利的纠纷，据说求助岩永家，可以非常惊人地完美解决。而这一切，都是岩永大小姐在幕后活动。"

"是吗？"

这些话，阿学的耳朵已经听出老茧了。但是，事到如今听到一家知名公司的经营者这么神秘兮兮地说起，他还是不由得深切感受到，最好还是不要跟那个女孩有什么瓜葛。

耕也丝毫没注意阿学的心理变化，继续说道：

"关于那位大小姐，从前有好多人调查过她，但似乎全都暴露了。别说跟踪，就连偷偷打探过她在哪里逗留都会被发现。到了第二天，她肯定能将调查方和委托方的情报掌握得一清二楚。”

虽然这话大概有几分添油加醋，但大概发生过差不多的事。岩永家虽然是个古老的家族，但所经营的企业及其规模并不大，也没有扩大规模的打算。所以，据说他们不会主动树敌，但也不容许别人侵犯自己的领地。

耕也摇了摇头。

“所以，我不能光明正大地委托调查公司。至少现在想要调查她的情况，肯定会暴露。我也想避免在事前给她留下坏印象。但是，我需要她的个人信息，就只能像这样通过身边的门路来收集一下传闻了。”

阿学对“事前”这个说法有些在意，但是不去寻根究底似乎才是聪明的做法。舅舅来调查岩永琴子，似乎并不是闹着玩的，也不是一时心血来潮。

于是，阿学决定将自己知道的最有用的信息告诉他。

“关于岩永，我倒是知道一些事。她曾经是我担任社长的推理研究社的社员。”

“什么，真的吗？”

耕也面露喜色，他大概是觉得自己能得到比预想中更多的信息吧。但是，阿学却没有一丝为了讨舅舅欢心而加以说明的意思。

“我可以告诉您，不过，还是奉劝您不要跟她有什么联系，更不用说有欺骗她或利用她的念头，那样是不会有什么好果子吃的。我也因此有过惨痛的经历。”

尽管阿学意识到，自己似乎并没有什么实际损失，而且大多数情况下还因为她得到了很多好处，但他的心里却莫名留下了这样的印象。

“当时，推理社面临着被废除的危机，我想通过让岩永加入社团来成功度过危机……”

阿学将自己过去的失败经历告诉耕也。那是高二那年六月的事。

大致说完以后，阿学苦笑着总结。

“所以，她立刻就看穿了我的企图，反而将我击败。”

耕也起初听得津津有味，最后却非常纳闷。

“可是，最后她不是加入你的社团了吗？那不就是你赢了吗？”

“是的，托她的福，又有两个一年级学生加入，社团也摆脱了遭到废除的命运。我与那时正在交往的女友也能公开关系，最终一切都如愿以偿。可是，她并没有加入社团的必然性。我无法把握她故意那样做的意图，很长一段时间都难免对她抱有戒心。”

社团发展得越顺利，他的戒心就越重。

“她一天会来活动室三次，下雨天经常会在窗边打盹。她不会妨碍社团活动，而且，她本来就熟知推理小说，作为社员来说无可挑剔。”

阿学说起岩永加入推理社以后，暑假结束时发生的一件事。

七月初，有两个新社员加入了推理社。本来阿学没有对他们抱有多大期待，谁知二人在暑假结束后依然会来推理社聊推理小说，还会过来借书，积极地参加活动。阿学心想，为什么不能多些这样的学生加入社团呢？一问才知，他们都很喜欢推理，对外国或古典作品也都有兴趣，但是他们一开始并不知道推理研究社的存在。

他们是因为岩永琴子的加入才知道了这个社团，于是想要到活动室来瞧瞧，神秘的她所加入的推理社到底有什么不寻常之处。也就是说，他们的加入多亏了岩永琴子。

而且，他们来活动室时，岩永也在那里安静地读书，当时她还善意地邀请他们加入。二人见能够和岩永说话，都放心地决定加入社团。

两名新社员分别是名为秋场莲的男生和名为风间怜奈的女生。社员的男女比例变得向女生倾斜了，不过，当时阿学还无法判断能不能将岩永视为正式社员。另一个女生是小林小鸟，也就是阿学的女朋友。

莲和怜奈从外表看都是彻底的书呆子，莲有些文弱，怜奈则比较强势，或许就是这一点得以让成员之间维持了平衡吧。加上阿学比较强硬，小鸟比较可爱，社团的形象才没有往奇怪的方向倾斜。

这样一来，有些像人偶的岩永在社团中就显得有些格格不入了。不过也不能否认，岩永是推理研究社的招牌。

那是九月中旬发生的事。岩永那天也一如既往地来到活动室，在窗边放了一把椅子，将红色手杖竖在旁边，坐在椅子上读书。

刚好全部成员都在活动室里，岩永以外的四人正在聊最近出版的推理小说，话题告一段落之后，怜奈突然说道：

“对了，我有个女同学今天说，有件事想找推理社咨询。”

“是吗？”

听说有人指名要找推理社咨询，阿学顿时来了兴致，岩永以外的社员也都将目光转向怜奈。

怜奈在那份关注下有些畏缩，但还是开了口。

“听说，上个星期六，她和社团的朋友一行五人，半夜偷偷溜进了郊外的废弃医院。”

“就算是废墟，也是非法入侵哦，这种事到底哪里有意思了。”

阿学对这种高风险的行为非常抗拒，小鸟则表示理解，继而发表意见。

“记得那里据说是一个灵异地点？”

“是的，他们好像也并不是相信那种说法，只是抱着轻松的心态想，要是传说当真，貌似也挺有意思的。”

怜奈点了点头，不过她似乎觉得那种行为非常愚蠢。莲的唇边浮现出一抹苦笑。

“因为到那样的地方拍照片或视频很流行，可以借机吹嘘一番。但是如果真的拍到了奇怪的东西，他们一定会吓个半死。”

“我怀疑他们脑子有问题。”

阿学非常无语，但莲、怜奈和小鸟却都说就算自己不会那样做，情感上也能理解。

怜奈继续讲述。

“后来，在废弃医院什么事也没有发生，他们正常地回来了。但是从第二天起，其中一人就卧床不起。如今已经过去三天了，她依然请假休息，本人也不知道原因，非常痛苦。她说觉得身体沉重，浑身一直发冷。”

事情似乎不是闹着玩的。不过，那位同学为什么会想到找推理社咨询呢?

“所以我同学说，她朋友可能在废弃医院里被什么东西附身了，想问我们能不能想想办法。”

怜奈说完以后，有些抱歉地望着阿学。

阿学尽管无语，仍回答道：

“我们是推理社，这种事情，让她去找超自然社或神秘社之类的问问。”

“我也是这样想的，可是，你瞧……”

怜奈示意了一眼正在窗边事不关己地读书的岩永。小鸟和莲都发出恍然大悟的声音，阿学却苦恼至极。

岩永琴子拥有可以与妖怪沟通的奇妙能力，这样的流言被传得有模有样。瑛瑛高中也有研究超自然现象的社团，甚至有传闻称，他们是出于恐惧才没有邀请岩永加入社团。

阿学摇了摇头。

“这件事根本不需要用幽灵或妖怪来解释。在暑热还没有消散的深夜，穿得那么单薄，在废墟里走来走去，不仅有可能被虫咬伤，还有可能吸入肮脏的尘埃。如此一来，就可能沾上病菌。把身体搞垮的因素太多了。五人中有一人生病卧床，有什么好奇怪的？要是一心认为自己是被幽灵缠上了，精神上肯定也吃不消，暂时休息几天也好。”

“阿学，你又在做乏味的解释了。”

小鸟揶揄地插嘴。

“我说过了，这是合理的解释，推理社就是这样的社团。”

当时阿学与小鸟已经公开了情侣关系，所以直接喊对方的名字也不成问题。不过，小鸟也会看场合一本正经地喊他社长，阿学有时也会以她的姓氏小林叫她。

“可是，在本格推理小说里，也会有某个角色其实是亡灵，凶手其实是魔女之类的情节啊。”

莲急忙打圆场说道。确实有这样的先例，其中甚至不乏名家名作。

“在大多数推理小说都走正统道路的时候，的确存在极少数另辟蹊径的作品，我可以接受。可是将它视为理所当然，推理小说这种题材就会变得莫名其妙。那种作品归根结底只是例外，不能视为主流。”

至少不能将其视为标准或范本。自己并不是一个死板的人，也不是一名本格原教旨主义者。尽管他这般腹诽，可是又有一种自己会被说是思想保守的预感，心里不太舒服。

怜奈也用一种“又不是我乐意提这个话题的”的口吻说道：

“社长的意见当然有道理，可是我又不能在朋友找我咨询时拦着她。她的朋友请假休息是事实，同班同学也都非常害怕。社长刚刚的解释，我也跟她说过了。”

说是说了，大概没有得到对方的赞同吧。

阿学忍住咋舌的冲动，将手放到嘴边。

“太棘手了，不能坐视不理。”

他没有想到岩永加入社团会产生这样的副作用。

这时，一直在读书的岩永维持着那一姿势气定神闲地插嘴：

“为什么大家会相信幽灵或者妖怪那种东西呢？”

“你还好意思说！”

就是岩永的存在让他们强烈联想到那类东西的。

岩永的视线依旧落在书本上，一边翻页，一边愉快地回应：

“最重要的是找一个可以让你的同学接受，并且消除恐惧的合理解释吧？提出这种解释才是符合推理社名号的处理方式。”

这句话简直就是推理社成员的官方发言稿，阿学却无法马上接受。

接着，岩永继续开口说明：

“比如，这样的逻辑如何？那位朋友不是因为去了灵异地点才请假，而是为了请假才去了灵异地点。”

这才是推理社应有的逻辑。阿学有些不甘心，又有一些措手不及，不由得脱口而出：

“逆向思考吗？”

其他成员的目光再次落到岩永身上，她微微一笑。

“那位朋友有不得已的原因，必须从新学期开始就请假，但是她又不想让周围的人知道原因。例如，她被男朋友甩了，深受打击，想要独自待一阵子，但是又觉得因为这样的理由请假太难为情，她也不想被人同情。再比如说，手头的游戏正玩到兴头上，不惜请假也想继续玩下去，但是如果被人知道自己沉迷游戏，同样很没面子。有许多种可能。毕竟是最在意别人眼光的年纪嘛。”

说出这句话的岩永也是同样的年纪，但是她在大家的视线中却坦然自若、口若悬河地继续说起自己的假设。

“尤其是上高中之后交到的朋友，她估计还不想过多地谈论自己的私事，而且，她也担心周围的人口无遮拦，一传十，十传百。所以，她要制造一个既能确实请下假，又像模像样的理由。此时刚好跟朋友聊到要去被视为灵异地点的废弃医院的话题，她就起了利用这件事的念头。”

“按照你的说法，她只要说自己感冒卧床不就得了？何必那么费事？”

小鸟战战兢兢地提出反对意见，但岩永似乎早已经想到这一点。

“那样一来，她就要装作感冒，需要一定的演技，要是有朋友打着探病的名号去看望她就麻烦了。可是，要是以中邪的理由请假，周围的人肯定会觉得晦气，不敢来探病，也不敢打电话问候。”

尤其是同去废弃医院的同伴，就更是这种心态。

“而且，就算她突然彻底痊愈返回学校，也只需要告诉大家，她往身上撒了把盐*，立刻就康复了，貌似是妖怪离开了她的身体。只要

* 日本人相信，往身上撒盐可以驱邪。

周围的人也平安无事，就不会继续追究吧？”

岩永一边说，一边咯咯地笑起来。

“只有在没出事的情况下，大家才会觉得灵异地点有意思。要是身边有人被附身了，短期内就会避免谈论这一话题，那位朋友就能顺利隐瞒请假的真正理由了。”

这种说法比阿学的解释更有趣，而且更符合逻辑。

岩永抬起头看向怜奈。

“你只要这样告诉那位同学，她就会放下心来吧。你也可以提醒她，就算朋友若无其事地回学校，也不要问她原因。深究朋友的难言之隐缺乏同情心，而且，朋友的难言之隐有时会比预想中更残酷，还有可能不小心窥探到朋友心里的阴暗面。”

“好……好的。”

听到岩永平静的指示，怜奈带着惊吓的表情点点头。

岩永似乎很满意她的反应，目光再次回到书本上，一副事情已经解决的样子，淡淡总结：

“那位朋友大概后天就会出乎大家的意料，若无其事地来上学吧。”

阿学吃着服务员送来的北京烤鸭，说完这些话以后，叹了一口气。舅舅一脸服气，不过他似乎还没有对岩永心生畏惧，反而为她说话。

“真是个头脑灵活的大小姐啊！而且她好像不相信幽灵之类的。”

“谁知道呢，两天后，岩永说的话应验了。”

当时她的预料全中了，阿学的心里却无法平静。

“接到咨询的社员，第二天将岩永的假设告诉了那位同学，第三天，那个有问题的朋友果真若无其事地回来上学了，说是身体突然间好转了。她的同学听从了岩永的指示，没有继续打听她请假的理由。他们都一笑而过，说‘怎么可能有幽灵之类的嘛’。”

社员们见事情像岩永说的那样完美解决了，也觉得有一丝不对劲，不过都只是感慨一句“竟然有这种事”，没有深思。

耕也同样觉得事情过于顺利，不过，他的神情似乎仍然认为这事是在常识的范畴之内。

“只是恰好在那时康复而已，仍旧在偶然的范围内。”

“岩永也是这样说的。但是，她的假设究竟猜中了多少，而且她还嘱咐我们不去追究真相……”

“啊，可能是算无遗策吧。”

也许是重新认识到了岩永头脑灵活的一面，耕也的脸色微沉。

阿学又说回过去的话题。

放学后，活动室里只有阿学和小鸟二人。有时社员可能各自在忙其他的事，活动室里偶然也会只剩下他们两个。这种时候，为了维持体面，他们会敞开活动室的门，以此证明，就算男女朋友同时在活动室里，他们也不会在学校做什么出格的事。

“上次那件事，是岩永同学在背后操纵吧？”

小鸟一边拿扫帚打扫着活动室的地板，一边回顾怜奈提到的那件事的结果。阿学不想自找麻烦，所以没聊这个话题，小鸟却藏不住话，想要跟他分享自己的疑虑。于是，阿学一边擦拭小鸟够不到的书架上方和窗子上方，一边应道：

“怎么操纵？”

“比如，那位朋友真的被奇怪的幽灵附身了，岩永想方设法说服了幽灵，才让她恢复了健康？”

这是最简明易懂的解答方案。其实阿学的脑海中也曾掠过这样的念头，不过由于太荒谬被他否定了。

“不要把存在幽灵视为前提。你还不如说岩永派了位名医去那位朋友家治疗，给了她封口费呢。这还更有可能一点。”

如果将幽灵这种含糊的东西考虑在内的话，阿学的解释当然也能成立。

“你说的才不可能呢！岩永同学又没有义务做到这个份上。”

“要是你这么说的话，她也没有义务去说服幽灵吧？”

没人会将多余的精力花费在这样的事上，而且她也不是那种见不得别人有麻烦的老好人。她甚至说过，既不想在学校有私人来往，也不在意别人的目光。面带微笑地坐在那里嘲讽一句“自作自受”，才更像她的作风。

可是这样一想，阿学的心里又涌现出一连串其他疑问。他无法保持沉默，停下打扫的动作。

“要是这么说的话，她也没有义务提出对社团有利的假设。”

“什么意思？”

小鸟似乎没有意识到，岩永的那个假设考虑得无比周全，尤其是对推理社而言，是一个最优的假设。

“通过那个假设，朋友可以不必被追问请假的理由，而咨询这件事的同学也得以消除内心的恐惧，这是没有任何后顾之忧的解决方式。”

“嗯，是啊。”

“推理社通过提出合理且经过深思熟虑的解答，表现出不将幽灵当一回事的态度，避免了被视为奇怪的社团的下场。否则，那些对推理没有兴趣，痴迷超自然现象的家伙，很有可能以此为契机蜂拥而至。要是变成那种局面，现在的社员恐怕会逃走吧，推理社的宗旨也保不住了。”

就算平时表现得很正常，也经常有人误会，推理社是喜欢超自然现象的人的大本营。由于不能助长这样的误会，所以必须要对那种咨询给予适当的解答。

“关键不在于假设的真伪，而是在于——那是一个综合考虑过所有人的立场以后，最恰如其分的假设。”

阿学事后经过一番深思熟虑，才看透了这一点，不过这个推测如果是正解，那就意味着岩永当场就已全部考虑在内，并且编造和提出了那个假设。

“是吗？原来岩永同学处理这件事的时候，连我们社团的未来都考虑到了！”

小鸟再次深受感动，忍不住拍手叫好。阿学却因为岩永的深不可测，胃里非常沉重。

“可是那个假设要想生效，有一个前提——那位朋友要像岩永同学预测的那样，两天后健健康康地回来上学。如果她至今还在请假，只会闹得更加人心惶惶，说不定还会影响到我们社团的名声。她要是不关心我们社团的死活，随口说了一个假设，还没有什么，问题是她的假设应验了。岩永同学是如何保证的呢？她是在赌那个假设的概率比较高吗？”

小鸟的脸上挂着一抹想不通的神情，这件事太不可思议了。接着，她认真地竖起一根手指。

“她果然在背后搞鬼了吧？”

“怎么又绕回这里了？”

阿学也不得不承认，结论只能如此。而且，岩永会加入推理社也有些不可思议。

“总而言之，那是一个最为妥善却存在风险的假设。可是事情却果真按照她说的那样发展了，这才是最不可思议的。而且，她加入推理社到底有什么盘算？若非如此，她为什么会这么关心社团呢？那件事她明明可以袖手旁观。”

比起幽灵之类的更古怪，更不合理。阿学的戒心越来越重了。

“她、她不会是对阿学一见钟情了，想要帮助自己喜欢的人吧？如此一来，她加入社团的理由就说得通了，也能想通她为什么会这么频繁地来活动室了！她想要获得你的关注，甚至不惜说一个离谱的假设！”

身为女友，小鸟会这么想也不奇怪，阿学却一口否定。

“说什么呢？她看着我的眼神里虽然有笑意，眼底却很冷漠。”

“可是，岩永同学右眼是义眼啊！”

“左眼也很冷漠。”

“可、可是有人在面对喜欢的人时，也会故意对他很冷漠！”

“我觉得她对所有人类都很冷漠。”

尽管阿学觉得，不至于说到这个份上，却不由得有这种感觉。下一秒，身边便传来一个支持他的声音。

“虽然不能说所有人类，不过我确实看不上社长呢。”

这个轻快的声音来自岩永。

“岩、岩永同学！”

小鸟握着扫帚跳了起来，阿学却懒得有所反应，他低头望向走进活动室的岩永。她也是社员，所以放学后当然也可以来活动室，再加上大门敞着。阿学他们正在谈话，所以没能注意到。

阿学还是想提醒她注意一下出场方式。

“虽然不知道你是从哪里开始听的，但是如果你能完整地解释一下，我们会感激不尽。”

岩永拄着手杖一步步迫近，她微笑着将书包放在桌上，拉开一把椅子。小鸟躲在阿学身后，略带敌意地对岩永道：

“我、我是不会把阿学让给你的！”

“都说了我看不上他。”

岩永在椅子上坐下，发自内心的为难。大概是见到小鸟仍旧对她表现出强烈的敌意，她犹豫地皱了皱眉，片刻后，不情不愿地开口：

“不瞒你们说，我有个从初中开始就单恋的对象。”

“喂，你到底想说什么？”

他简直无法将眼前的岩永与单恋联系在一起。她怎么会有像普通人一样的感情呢。

岩永也许读懂了阿学的这种心思，她克制住怒火回答他：

“我说我另有所爱！那个人现在是大学生，已经有女朋友了，她的女友是一位身材高挑、有成熟风韵的年长女性。”

“哇，那你好像没什么胜算啊。”

小鸟毫不客气地说出自己的第一感想。要是那个男人已经有了女朋友，还是跟岩永恰恰相反的类型，那么她的胜算应该无限接近于零。岩永比他年纪小，而且身材娇小，像个小孩子。

岩永大概也有自知之明，她神情苦涩地继续说道：

“所以从现状来看，就算我告白了也会被拒绝，还会给他留下不好的印象，只能暂时等待他跟那个女人分手了。听说他们已经订过婚了，可我也只能等下去。我相信我会等到机会。”

这种情况岂止是没有胜算啊……既然本人相信，旁人也不能不解风情地泼冷水。但是，阿学听到这里，依然不知道岩永想要表达什么。

“这跟你留在社团的理由有何关联？”

岩永仍旧不情不愿地回答：

“我的意思你还不明白吗？我不想在等待这种可能性的节点上，成为其他人爱情路上的绊脚石。否则，因果轮回，报应不爽，我自己的爱情会难以实现，也等不到那个机会了！”

“是啊，爱神是不会帮助这种人的。”

大概是因为小鸟也是正在谈恋爱的人，她同样表示赞同。说到这里，她不禁想起岩永加入社团时也曾说过“宁拆一座庙，不毁一桩婚”之类的话。那原来不是权宜的说辞，而是她的真心话啊。

“我希望能够积攒与爱情有关的功德，换取福报，所以才会为了社长和小林同学你们这对恋人加入社团。既为了你们的关系能够更加亲密，也为了让社团能够长存，我一直都在暗中留意。”

她似乎原本不想说这么多真心话，但是经过一番斟酌之后，觉得若是让小鸟产生误会，影响了他们之间的关系，自己就无法积累善行了。

“我倒是觉得你在祈祷他们分手的阶段，就已经被爱神抛弃了。”

面对阿学认真的质疑，岩永扬扬得意地反驳：

“怎么能以人的尺度来衡量神的逻辑？”

她的口气简直跟她自己就是神一样，这让阿学有些烦躁。不过更让他在意的是迄今为止一直对岩永怀有戒心的自己很可笑。

“也就是说，你只是为了自己的利益才留在社团的喽？”

“没错，所以不需要感激我哦。我倒是想请你们为了我的功德，积极地来找我咨询爱情方面的烦恼。”

岩永的脸上浮出一抹与往常一样的人偶般的微笑，她在椅子上调整了一下坐姿。小鸟似乎因为这番肺腑之言对她多了些亲近感，阿学却仍然无法心服口服。

“可是，比起仰赖神明，我觉得你在背后搞鬼，让他们两个分手的可能性更大，而且会不择手段。”

阿学觉得她就是这样的人。

岩永似乎觉得他会这么想也无可厚非。承认之后，却又一脸不甘地反驳：

“我当然考虑过这种方式，不过，要是被他知道了，不就无法挽回了吗？就算只是万一，我也不能冒这个风险。”

阿学心想她的潜台词就是“如果可以，我肯定会不择手段”。搞什么嘛，原来是这么打算的啊——理解的同时，又莫名地佩服起她的慎重。

无论如何，岩永加入社团、积极帮忙解决问题的理由已经很清楚了。

如今还有一件事必须搞清楚。

“那上次那件事呢？你想要积累功德，就不能随口编造一个不顾这个社团死活的假设吧？那个有问题的朋友，两天后若无其事地回来上学，真的只是偶然吗？”

面对阿学咄咄逼人的质问，岩永沉默片刻，微笑着回答：

“你猜，或许是我在背后操纵呢？”

仅此而已？结果，真相就这样被她稀里糊涂地搪塞过去了。

服务员将甜点杏仁豆腐放到耕也的面前。他似乎在用常识对岩永进行认知，或者说，他认为岩永是可以用常识解释的人。

“为了自己的单相思而帮助你们，这孩子挺可爱的嘛。”

只看这一件事的话，这么说也无妨。

“纠缠已经跟女朋友订婚的男人多年，暗中收集他的信息，还祈祷他们分手，这种人到底哪里可爱了？”

阿学客观地罗列出事实，试图纠正舅舅的认知。

“而且，她在高二那年获悉，她的单恋对象跟即将结婚的女朋友突然分手了。”

耕也的神情僵住了。阿学的语调也有些僵硬。

“没过多久，岩永就跟那个人亲密起来，三年级的时候正式成了他的女朋友。”

当时阿学已经高中毕业，这些话是从小鸟口中听说的。据说当时的岩永到活动室来的时候也很亢奋，经常提起她的男朋友。本以为可能性无限接近于零的阿学当然会目瞪口呆，震惊得说不出话来，“怎么会有这种事？”小鸟也有同样的感受。

耕也握着用来吃杏仁豆腐的汤匙的那只手，也在半空顿了几秒。

“这……有点可怕啊。”

他忍不住说道。确实可怕，事情的发展完全如岩永所愿。

“后来推理社也接到过许多麻烦的咨询，基本上都按照她的提案顺利解决了。也有一些事件解决得莫名其妙。怀揣着不可告人的目的接近那种人的下场，只会是被她完全看透，任由她摆布吧？”

像舅舅这种生意人，每天都在成年人的世界与三教九流打交道，对他而言，或许这些学生时代的逸事非常无聊。岩永今年也已经过了二十岁，没准已经成为一介平凡人。

不过，结合现在与她有关的传闻，也不能草率地作出判断。常言道，檀香一萌芽就香，伟人自幼就与众不同。

耕也一脸复杂地喃喃道：

“你的意思是说，不能贸然对岩永大小姐出手？不，她那么在意她的男朋友，只要能收买那个男人，何愁不能间接控制这位大小姐？”

阿学不由得有了一种预感——他正在谈论一件不要命的事。

“都不知道他们现在是不是还在一起。就算在一起，我觉得也不能轻易地去触摸她的逆鳞。”

也就是说，不能对岩永的私人财产出手。耕也似乎也凭直觉察觉到了那份危险，他的面部肌肉抽动了一下。

“你说得对，她好像不是那种经得起这类玩笑的类型。”

瞧不起所有人类的她，恐怕不会乖乖任人摆布。哪怕她最终如阿学所愿加入了推理研究社，也是在彻底将他驳倒之后才加入的。

耕也哑口无言地抱起双臂。

“想要讨她欢心是不是也很危险？”

阿学虽然有几分犹豫，但又觉得不告诉他有点不负责任，于是丢出一个深入灵魂的问题。

“您为什么想要收集岩永的信息？我不认为她会跟舅舅的公司有什么关联……”

“情况我不能细说，不过，这件事跟遗产继承有关。”

“遗产继承？”

事情是如何产生关联的，越来越令人一头雾水。至少在阿学的亲属中，他想不到有谁可能面临遗产继承的问题。

“是我夫人的父亲，也就是我的丈人音无刚一，你听过这个名字吧？”

“啊啊，就是那位有名的酒店集团的会长吧？他的公司规模不仅是国家级别的，甚至已经是世界级别的了。”

原来是舅妈那边的遗产继承问题。阿学倒是把那边的亲戚给忘了。既然是规模庞大到那种程度的集团，确实有必要在生前就早早考虑后事。

“他今年八十一岁，因为健康方面的问题，已经基本上退居幕后了。不过，他的资产依然是个天文数字。所以，如今就面临着在他过世以后，遗产应该如何继承的问题。最近，他在遗产分配上提出了一道古怪的难题。”

“遗产继承上的难题？要是挑起遗产纷争的话，在推理小说里一般会发展为杀人事件哦，这是必然的走向。”

阿学在目前就读的大学里，也加入了推理研究社，不过他不会期望现实中也发生推理小说里的事件，倘若发生那种事件，就不能纯粹地享受虚构的乐趣了。

阿学担心杀人事件这个词会让舅舅心里不舒服，或者惹他生气，但舅舅似乎也对现状抱有同样的感想，他愁眉苦脸地说道：

“确实如此。不过，目前已经不是担心会发生杀人事件的阶段了。”

听他的语气，情况似乎更加错综复杂。阿学越来越不想蹚这趟浑水。

耕也喝了一口乌龙茶，继续抱怨：

“题目的内容我不能细谈。不过，他说谁能够顺利解决这道题，就可以优先分配遗产。音无会长的子女包括我的夫人在内一共有三人。会长夫人已经过世了，所以实质上有三名继承人。虽说也不至于离谱到将全部遗产让一个子女继承，不过说起遗产，除了现金以外还有不动产、股票、美术品和古董等。既有未来可能升值的东西，也有可能会一文不值的物件。能够解开这道题的人，可以获得优先选择遗产的权利。”

"按照这种分配方式，将来可能产生数倍的差距呢。"

耕也一脸郁闷，有些不满地哼了一声。

"我经营的公司本来就没有依靠过岳父，这份遗产也落不到我头上。可我夫人不愿意眼睁睁地看着遗产落到她兄弟们的头上，所以对这件事特别关注。"

舅舅似乎也是个妻管严，也有可能他只是佯装对岳父的遗产不感兴趣吧。尽管不知道会长的子女们的关系如何，不过，很少有人愿意在遗产继承上吃亏。

"被选为裁判这个难题的人，就是岩永家的大小姐。音无会长亲自点名，请她来判断决定，到底谁能够完美地解决难题。"

听到耕也给出的回答，阿学惊讶得合不拢嘴。看耕也的表情，应该同样也有一箩筐的问题，但他没能找到答案。

阿学还是忍不住问道：

"这也太乱来了吧？对于继承人而言，她只是个莫名其妙的小丫头吧。为什么要把这么重要的任务交给她？"

"不知道，也不知道会长是不是从前就与岩永家有来往。只不过木已成舟，必须采取相应的对策。所以，我想提前了解一下能够左右判定结果的岩永琴子的喜好。"

既然是让一个莫名其妙的小丫头决定巨额遗产的归属，那么，任何人都会想要了解一下她的信息吧，哪怕只能了解一点也好。想要提前考虑攻略方法，当然是人之常情。

此时此刻，阿学无比纠结，不知是应该同情被卷入麻烦里的岩永，还是可怜不得不面对岩永的继承人们。自己刚刚提供的信息，对于舅舅而言应该不怎么如意。

不过，耕也似乎在努力从那堆信息里找到可利用的价值。

“至少我了解到搞小动作会起反效果，这也算是收获吧。对了，要是引导我夫人的兄弟们去巴结岩永小姐，让他们丢分的话，我们这边是不是就能相对有优势呢？”

舅舅应该可以立刻意识到这种方案的风险，不过，慎重起见，阿学还是赶紧提醒他：

“要是她看穿了您的小动作，在您夫人的兄弟面前揭穿，今后你们的亲戚关系会闹得很僵吧？”

音无会长的儿子也在社交界很有影响力。要是惹他不痛快的话，没准会波及舅舅公司的运营。

耕也的脸皱成一团。

“这种风险也得考虑呢。那丫头到底是个什么样的人？”

阿学腹诽：“那丫头就是那样的人。”

接着，舅舅突然警惕地问他：

“你现在还跟岩永小姐有联系吗？”

他大概是担心，要是他们还有联系的话，他有可能把今天的谈话内容告诉她。

阿学笑着否定。

“读书时我就不知道她的邮箱和住址。现在她是什么情况，我完全不了解。她应该已经不记得我们了。”

女朋友小鸟是岩永的同学，所以阿学高中毕业后还能打听到她的近况，可是小鸟毕业以后，他就与岩永彻底失去了联系。他们确实只有高中时代的关系。

“这样反而更轻松。”

阿学笑着，语气笃定地说。耕也接受了他的说法。看耕也的样子，似乎因为今后必须要跟这样的人打交道，心情无比沉重。

晚上，阿学跟女朋友小鸟见了面。那天他本来打算等小鸟做完兼职在商场碰面，然后去影城一起看电影。

二人牵手走在影城对面的过道上，不知怎么就聊到了几个小时前提到的岩永琴子。知道了共同朋友的近况却绝口不提，他总觉得像是有事瞒着对方，心里过意不去。

“听你这么说，岩永同学果然不是正常人！”

听阿学说完他与舅舅之间的聊天梗概，小鸟只能无奈地笑笑。也许有人乍听之下会觉得她对岩永有偏见，但阿学却深有同感。

“从高中时代起，我就没有觉得她是正常人。”

“不是我‘马后炮’，她绝对有些古怪。”

“事到如今，我也无法相信她什么也没做过。”

直到今天他们才突发感慨，与那样的人身处同一个社团，他们居然能安然无恙，实属难能可贵。不，恐怕是岩永为阿学他们画了一条安全线，将危险全都隔离在外吧。

“可是，岩永同学不会有事吧？那位会长如果只是单纯地委托她当裁定人，还没什么好担心的。但我感觉他另有所图，你觉得呢？”

小鸟好像有些担心岩永，稍微压低声音询问阿学。阿学肯定地说：“就算她的判定再怎么公正，肯定会有人心怀不满，她不可能保持沉默。如此一来，既然要担任这项工作，就要选择一个能让大家都满意的人。从这一点来说不太符合岩永的作风。所以，我只能认为是会长故意选了她，主动制造风波。”

会长的子女们肯定也意识到了这一点。而且，会长将岩永拉下水，应该也算到了这一步。阿学他们仅仅是在脑海中揣摩对方的动机，都已经这么耗神了，很难想象岩永身为当事人的负担有多重。

尽管如此，阿学却一点也不担心她。

“还是音无会长更需要担心。岩永不可能任由他摆布，要是对她怀有恶意或者别有用心，肯定会付出惨痛的代价。”

“嗯，可以想象呢。”

小鸟虽然也担心岩永，但听到他这么说，立刻就明白了自己是杞人忧天。阿学无奈地笑道：

“我不认为有人能够欺骗她。要是有的话，对方只能是一个脱离常轨，非人的怪物。”

根本不存在这样的人，毕竟岩永自己就是一个相当脱离常轨的人。

“话说回来，不知道岩永同学是不是还跟那个曾经单恋的男朋友在一起。”

“如果那个人继续跟她在一起，身心还没有出现异常，绝对是个奇迹。”

阿学的想法有一半是认真的。正如没有人能够比一个脱离常轨的人更离谱，恐怕也不会有人能够作为她的正牌男友与她步调一致吧。

小鸟似乎也无法完全否定，笑着嗔怪：

“至于这样说吗？不过，高中的时候，她不是给我们看过他们的照片吗？在每一张照片上，她男朋友不是都一脸疲惫？”

“岩永倒是笑容满面呢。”

不过，阿学他们没有资格嘲笑他们。

阿学他们无缘得见她那个单恋的对象，却记得照片上的他似乎是个毫无个性，人畜无害的好青年。记得当时岩永竟然说自己喜欢这种类型，他们非常震惊，还记得照片中的青年站在校服打扮的岩永身边时，脸上写满了不情愿。不过，他们完全想不起来青年的具体模样，只有一点模糊的印象还留在记忆中。

小鸟和阿学得出了同样的结论。

“她男朋友不会跑掉吧？”

“她应该不会让他跑掉吧。”

那个青年被岩永玩弄于股掌之中，即使身心俱疲，也无法按照自己的意志挣脱她的魔爪。真是可怕。

正想到这里，迎面而来的两个人的对话，便飘进他们的耳朵里。从那亲密的语气来判断，他们应该是情侣。

“我已经二十岁了，今天你要带我去小酒馆！我早就想试试点啤酒、吃毛豆了！”

“不要做出奇怪的举动。点单的时候就会被拒绝哦。你忘了今天去看有年龄限制的电影时，被拦在门口的事了吗？我都受你牵连遭受白眼了。”

“你还有脸说！当时为什么假装不认识我？”

“我确实不认识你。”

“你连我今天内衣的花纹都知道，竟敢说不认识我？是佩斯利花纹哦！”

“这种事不要大声嚷嚷！”

“痛痛痛！”

说到最后，身材高挑的男人猛然掐住娇小女孩的脸，女孩挥动着手中的手杖应战。看来，二人的确是情侣。

二人一边对骂，一边步履不停地与阿学他们擦身而过。两人瞪大眼睛目送着二人的身影。

因为——那个戴着贝雷帽，手持手杖的娇小女孩，他们不可能看错，正是岩永琴子本人。岩永的模样与阿学记忆中几乎没有任何变化，而且，再也没有其他人像她那样令人过目难忘了。他们对那个青年倒是没什么印象，不过，他的身影似乎跟当时岩永给他们看的照片上的单恋对象重叠在了一起。就是他。

等到二人的身影完全消失，阿学才向小鸟确认。

“我们要装作没看到吗？”

“他们看起来关系挺好的，对吧？”

男子很健康，全然不似一个被岩永玩弄感情的人，这或许是一个令人放心的事实。与此同时，看到岩永被那般粗暴地对待，他们感到一些意外，又感到一些大快人心。话说回来，佩斯利花纹的内衣到底是什么？

更重要的是，岩永的表情竟然那般丰富，还发出那么大的声音。高中时代，她即便是笑也是冷笑，很少表达自己的感情。她整个人就像一个精致的偶人，令人觉得莫名其妙。

阿学的胸中翻滚着各种复杂的情感，令他身心俱疲，最终只能无奈地感叹。

“我们果然无法理解岩永琴子啊。”

小鸟也有同感。

岩永琴子和樱川九郎走出商场，按照岩永的愿望，向附近一家很大众的小酒馆走去。

这时，九郎回头望着商场的方向，有些在意地说：

“刚刚有对情侣像是见鬼一样看着我们，你认识他们吗？”

原来九郎也注意到了。岩永的模样有一些惹眼，所以经常会受到别人的关注，不过，九郎觉得那两个人的反应有些不同。

“那两个人啊，是高中时代曾经关照过我的人。”

天知学和小林小鸟，是她在推理研究社的朋友。说不定他们两个是岩永在高中关系最好的人。不过，毕业之后就彻底各奔东西了。

九郎仅仅听了这个说明，就一副了然于胸的神情。

“哦，原来是你的受害者啊。”

“这是什么话！毫不夸张地说，那两个人的关系能那么好，可都是我的功劳！我能跟学长结合，也是因为我懂得成人之美，才得到了这样的福报。”

“原来我才是第一个受害者。”

“你怎么能这么说？”

九郎完全无视岩永的指责，有些奇怪地继续问她：

“可是，那两个人看着我时，为什么一副瞠目结舌的样子？”

“任谁看到可爱的女孩子被一个男人撕扯脸蛋，都会吃惊的吧，实在太可怕了。”

“可爱的女孩子不会扯着嗓子喊自己的内衣是什么花纹吧？”

也没有男朋友会撕扯自己女朋友的脸蛋，所以凡事总有例外。

“也罢，知道了那两个人现在还在一起，我很欣慰。”

虽然他们已经跟岩永毫无关系，不过，比起看到他们老早就分手，换个恩爱的对象，还是刚刚的场景更让她心情舒畅。

“还是说回音无会长强加给我的工作吧。九郎学长，你也要好好协助我哦！会长已经答应可以带你去了，事情可能会很棘手。”

目前，对于岩永而言，那个悬案更为重要。眼下她可没工夫与已经是过去时的朋友闲话家常。

今天，她打算先去小酒馆，点上一杯啤酒再说。

第四章 沉睡的谜案（前篇）

位于酒店顶楼的休闲餐厅宽敞明亮，天花板高高在上。岩永琴子和一名老人在窗边的位置相对而坐。这家餐厅主要是为了方便客人喝茶休息、享用简餐、商谈事务而开设的，此时里面空空荡荡，安静极了。

透过透明的玻璃窗，可以一览无余地望见对面的街景，也能眺望到八月上旬的蔚蓝晴空。此刻是下午三点多。大概是过了客人们用餐休息的高峰期，所以客人才会这么少。不过，这里只有岩永和老人，大概是他特意在这个时段包下了整个餐厅。

虽说他也可以找个包间与岩永私聊，但也许会让她产生不必要的戒心，也有可能给她施加压力。大概是出于上述理由，他才会选择在开放式餐厅靠窗的位置与她面谈。不过，特意为此包场，又有权让服务员在端上冰红茶与香草茶之后，立刻消失在他们的视野中，似乎已经足够给人带来压力。

“抱歉了，琴子小姐。一个素不相识的老人冷不防约你见面，说有事要请你帮忙，吓到你了吧？”

老人一身灰色西装，领带也系得整整齐齐，他语气沉稳地这般开口。老人名叫音无刚一，根据岩永的调查，他今年八十一岁，是闻名遐迩的酒店集团——音无集团的会长。目前，他由于健康原因已经退出集团的管理层。

不同于刚一这个坚毅的名字，他本人无比清瘦，看来身体状况欠佳。尽管他看似腿脚灵便，可以独自健康地到处走动，不过，从他身上却丝毫感受不到那种经营国内外二百多家餐厅，又向房地产和观光旅游等领域进军，独自领导一个大集团的人所特有的热情和欲望。他似乎很乐观，浑身上下散发出一种卸下重担后的平静。

岩永将冰红茶的吸管放到嘴里，诚实地回答：

“与其说是惊讶，不如说是麻烦呢。何况，您还通过我的父母郑重其事地邀请我，我只好前来赴约。毕竟您是在财政界也有巨大影响力的音无集团的会长，您的请求，我父母哪里好意思回绝，我也不想让父母为难。”

“我没有恶意，只是想悉尽礼数地请你帮一个忙。不过，若是人在高位，就很容易被对方误认为是威胁。但我想拜托的事，无论如何都只有琴子小姐才能做到。”

听到岩永没规矩的话，刚一非但不以为忤，言辞反而更加恳切，似乎希望能加深她的信任。

岩永暗自忖度，到底是什么委托呢？接到刚一的联络后，赶来赴约之前，她多少做了一些调查，然而，仍旧无法获悉他的真正意图。

他是有一定地位的人，又通过父母找自己帮忙，想必不会有恶意，可是这个委托怎么想都很麻烦。身为怪异们的智慧之神，也有一堆工作等着她去忙，她可不想为了一个快入土的位高权重者的任性请求而操劳。

“相比会长先生，我才刚满二十岁，社会经验也不多，恐怕没有能耐回应您的厚望。”

岩永的外表甚至会被误以为是中学生。

“你能够在我面前优雅地喝茶，已经很有能耐了。”

“这么美味的冰红茶要是放着不喝，不就暴殄天物了吗？”

从刚才到现在，对方都没有散发出盛气凌人的气息。岩永也没打算讨好刚一，或者有事相求，因此没有任何的压力与紧张的情绪。岩永暗想，既然是他有事麻烦自己，自己就干脆悠闲地喝杯茶好了，不知能否顺便再点一块蛋糕。

刚一满意地开口：

“果然是跟传言中一样的大小姐。虽然也经常有人说，我是音无集团的会长，但我其实也身不由己。这一点始终令我耿耿于怀。”

接着，他的脸上浮现出苦涩的笑意。

“我本来不是音无家的人。我旧姓工藤，在集团旗下的酒店工作。当年，年轻的我向公司提交了一份管理方面的改革方案，获得了当时的社长音无传次郎先生的信任，他甚至将女儿阿澄嫁给了我。不过，我并没有立刻就进入集团的核心。传次郎先生本来很赏识女儿阿澄的管理能力，想让她当自己的接班人。她将是下任会长，而我是一个合适的助理人选。他虽然答应让我做副社长，但我基本没有实权，只是一个上级与下级之间的协调人员。”

这件事在金融界也众所周知。刚一入赘了音无家。传次郎之所以选择他，只是想让他辅佐他的千金阿澄。经常有人以此揶揄刚一，也经常能听到轻视他的评价。

“事实上，阿澄在那个年代是出类拔萃的管理者。我们结婚十年之后，传次郎先生过世了，然后，阿澄正式接任社长一职。她继承父亲的遗志，扩大集团的规模，让集团壮大为世界级别，可谓势不可当。而且，她还为我生了三个孩子，可以说是一个非常伟大的女人。”

这也是广为人知的事实。传次郎是音无集团的奠基人，阿澄则让音无集团实现腾飞。实质上，正是这两位社长让音无集团声名远扬。接替两人的刚一会被轻视，也是无可厚非的。

不过，岩永也知道其他评价。

“可是，我也曾耳闻，在澄女士去世后，是会长您守住了集团。我还曾听说，要是没有刚一先生，集团恐怕早已破产。”

“嗯，倒也有人这么说。不知道你有没有听说过这样的传闻呢？‘要是音无澄能够多活一年，说不定集团已经破产了。’”

刚一的语气听起来不似自嘲，倒有些像是在试探岩永的反应。

“尊夫人是二十三年前，在路上被劫匪刺死的吧？听说凶手至今还逍遥法外。”

在会面之前的调查中，岩永最在意的就是这一点，没想到他竟然主动向自己提到了此事。

刚一愉快地点点头。

“嗯，实际上那个凶手就是我。”

休闲餐厅一片寂静，他的声音恐怕传不了太远。起码在岩永的视野范围内，除刚一以外没有任何人，在这个范围之外的人，应该听不到这句话。

岩永听到老人愉快的自白，有一瞬间的惊讶，但很快就优雅地屏蔽了这个事实，腹诽道：“事情果然麻烦起来了。”

“您可真会开玩笑。也罢，就算音无会长是凶手也无妨。事件发生在二十三年前，虽然法律修订过很多次，可是如今已经不在追诉期内了吧？要是事件发生的时间再晚一些，差一点就不在法律的适用范围了。”

“我可不是在开玩笑。不过，倒也不是我亲手杀了阿澄。”

“那就是雇凶杀人喽？”

“要是那样的话，也许还更容易理解一些。就算追诉期过了，警方应该也会出动吧。但是，帮助我杀人的人，并没有那么容易被找到。”

“是啊，毕竟不是小说或电影嘛。”

“正是。”

刚一缓缓将茶杯端起，有些难为情地继续道：

“杀害阿澄的是有着狐狸外形的妖精，也就是被称为妖狐的生物。我与它进行了违背现实法则的交易，让它替我杀了阿澄。”

妖精，也被称为妖怪、怪物。

妖狐大概是比较有名的妖怪。被妖狐缠上的传说或民间故事要多少有多少，大多是妖狐幻化成各种各样的形态欺骗人类、戏弄人类的桥段，比如与人类结合怀上人类的子嗣、吸食人的精气后将人杀掉云云。

有个惯用句就是“被狐狸精缠上了”，落语里也有一出名为《七度狐》的表演曲目，描写的是多次被狐狸精欺骗的旅行者的故事。

岩永认识几只妖狐，也曾为它们指点迷津。妖狐竟会牵扯到这件事中，令她始料未及。

“您这玩笑可开大了，我居然能从国际酒店集团的会长口中，听到妖狐这么不科学的名词。”

岩永虽然已经凭直觉知道这不是玩笑，可如果不是玩笑，她就更不好拒绝刚一的委托了。毕竟，这个话题是她不能袖手旁观的领域。

“正因为在经营酒店，才更会相信不科学的东西。酒店每天都会有无数人进进出出，也常常发生杀人或自杀事件，沦为事故或火灾的舞台。因此，经常会听说客房中有幽灵或者超自然现象之类的事。从事酒店行业的时间长了，哪怕不情愿，也会遇到许多不能以目前的科学解释的现象。”

要是在客房里发生超自然现象，或许该房间就无法再次使用，也会影响酒店的风评。毕竟事关酒店的运营，所以不能以错觉、迷信等理由来草草收场。从事这份工作的时间越久，或许就越容易相信鬼神。

“有的酒店不是也会在房间的装饰画背后贴符纸吗？这样做的话，酒店就不会遭到鬼怪骚扰了。”

刚一饶有兴致地观察岩永的反应。

“当然，这种事不能公然承认，但现实中确实存在妖怪。我在二十三年前，的确与妖狐做了交易。”

“会长怎么想是您的自由，但为何要告诉我呢？”

岩永已经尽量表达出不耐烦的态度，刚一却丝毫不以为意。

“琴子小姐在学校的社团不是很有名吗？据说你对妖怪有独到的见解。听说，我们集团的酒店，也曾有间客房不断发生灵异现象，当时也向传说中的你寻求帮助了。结果，你去那个房间看了一眼，就解决了问题。你拥有不可思议的能力，这是不容否认的事实吧？”

“您言重了，倒是经常有人通过我的父母请我帮忙，我只好去看一眼。不过，那些现象都有合理的解释，比如错觉、罕见的物理现象、心理上钻牛角尖等，我只是当场把那些解释给他们听而已。”

实际上有一大半案件都有幽灵或妖怪参与，但就算这般解释，也只会让人更加怀疑。所以，她会编造一个合理的解释，等到周围的人接受以后，再同幽灵或妖怪商量，让它们以后不要再作祟。

“我可是受到科学恩惠的孩子，这只义眼和这条义肢就是科学的成果。”

岩永一边说，一边拿起放在身边的红色手杖，指了指自己的右眼和左腿。

刚一仿佛觉得这才是重点，他满意地眯起眼睛。

“你失去右眼和左腿的原因，正是名为‘神隐’的现象，我在你身上嗅到了曾经受到妖怪祝福的气息。其他人另当别论，我这次特意请你帮忙，就是希望你能相信我的话。”

岩永非常无奈。有一部分人类拥有灵感或第六感，能够感应到“理外之理*”的存在。刚一大概就是拥有这种能力的人。而且，他曾经与妖狐面对面打过交道。如此一来，无论岩永如何闪烁其词，都不能撼动他的信心。

目前还不知道他到底想请自己帮什么忙，自己只能继续洗耳恭听。

“恕我失礼，请您继续说吧。”

刚一摸了一下自己的后脑勺，开始诉说往事。

“二十三年前，阿澄依然劲头十足。传次郎先生的梦想是让集团成为世界第一，这也是阿澄的目标。所以，她不断扩大集团的规模。可是，任何事都有极限，如果不站稳脚跟，只想往上爬的话，肯定会栽大跟头。如果不顾自己的能力，一味扩张，必然会有心有余而力不足的时候，届时会摔得粉身碎骨。当时，集团就濒临这样的状态。可是，阿澄却对风险视若无睹，不肯停下脚步。”

“人在状态良好的时候确实容易头脑发热，也许尊夫人相信自己可以成功跨越这种风险呢？”

“嗯，阿澄觉得，既然自己可以应付这种问题，那么别人也能应付。劝阻她的言辞都被她当成耳旁风。她认为只是别人不够努力。反对她的人，对抗她的人一个接一个被她铲除。集团的领导层大多都感到了

* 即按照一般的道理无法说明的道理。

危机，可是没有人能够阻止阿澄，包括我在内。毕竟我只是一个被传次郎先生选中入赘的女婿而已。”

尽管已经年迈，刚一却身姿挺拔，容貌周正。加上他工作能力出众，传次郎也许是觉得他具备合格的遗传基因，配得上自己的女儿吧。

“阿澄也试图操控孩子们的人生。她不顾长子想当厨师的愿望，逼迫他继承集团；她还认为长女带回家的男朋友配不上她，棒打鸳鸯；次子一腔热情想要继承集团，她却希望由长子继承，拒绝他接触集团的管理工作。”

管理方面的独裁者，很容易将同样的方针延续到家庭中。如果是家族企业，家庭与管理就更加难以区分了。

“当时，孩子们都已成年，生活独立，各自拥有憧憬的人生，也具备实现梦想的能力。可是阿澄却对他们的想法充耳不闻，一心希望他们按照自己的期望发展。也许她从不曾怀疑自己的决定是否正确。”

刚一并没有露出责备阿澄的神情。

“我已经忍到极限了。要是我置之不理的话，孩子们会崩溃，集团也会毁灭。我明知这一点，却无能为力。于是在三月初，我一个人躲到山里的别墅，思索解决方案。那天半夜，我走到院中，忍不住念叨了好几遍‘要是阿澄不在的话，就万事大吉了’。”

集团和孩子们的烦恼，让刚一自己有些崩溃。他在神经衰弱的情况下，看到了不存在的东西——不知这样的解释是否能说得通。岩永想想，立刻得出“说不通呢”的判断，继续听他往下讲。

“然后，有一只狐狸出现了，它说：‘既然如此，我就替你实现愿望好了。’”

刚一似乎看穿了岩永正在思索如何将这个话题搪塞过去，他的脸上浮现出一抹微笑，说出自己遇到妖怪的遭遇。

“起初我大惑不解，不知那声音到底是从何处传来的。附近没有人家，住在别墅里的人也只有我自己。然而，那声音却是从我旁边传来的，只能认为说话的是那只狐狸。接着，狐狸露出‘为你破例一次’的神情望着我，口吐人言：‘你再说得详细一点，我是一只活了很久的妖狐，能够替你办到在你们现世法则下无法办到的事。’”

妖狐能幻化成人，也能悄无声息地穿行在村子或镇子里，说话对它而言不过是小菜一碟。

“我又惊又怕，可是比起妖怪，我更担心的是集团和孩子们的未来。而且，我没有能够认真商量的对象。所以，当时我头脑一热，就把烦恼尽数倾诉出来。我当时没有多少心理负担，心想，应该没有人会怪我把内幕告诉狐狸吧。”

如果妖狐化成人形接近刚一，他或许还会犹豫不决，回到别墅关紧门窗吧。会说人话的狐狸仿佛只是一个梦，让他觉得抓住了一根逃避现实的稻草。妖狐应该也是乘虚而入吧。狐狸总是给人狡猾的印象，妖狐也没什么不同。

“听完我的话之后，妖狐再次提议：‘我明白了。那么，我就替你杀掉你妻子吧。放心，我不会牵扯到你和你的家人。作为交换，你也要实现我一个心愿。’”

“跟妖怪做交易的话，不知道会被它拿走什么代价哦。”

岩永忍不住插嘴。有时那么做也会扰乱秩序。

“是啊，当时我已经做好了心理准备，也许它会让我用生命或灵魂与它交换。哪怕如此，我也会一口答应。可是，妖狐的愿望却是非常现实的一件事。它想让我将邻镇靠山的一块土地进行开发，因为那只妖狐有个敌对的同类住在那里，而且在扩张势力。所以，它想要以此牵制对方。只要对方的地盘遭到开发，就必须搬到其他地方，力量也会受限。”

原来是这样的交易。要是它开出“给我一年份的炸豆腐”这种小清新的条件，就帮助他杀人，也有点太不矜持了。可是，为了同类的势力纷争而利用人类，是多么世俗与狡猾。

“我问出地址以后，发现想要拿到那块地并不困难，而且那里也还没有开发，我可以用振兴地区经济或修建疗养院的名义收购。若是阿澄还在，或许我还无法拍板，但是只要她不在了，我就有办法做到。对于已经豁出命的我来说，代价根本不算高。”

原来，刚一就这样越过了那条不能过的河。

“我答应它：‘只要阿澄过世，我就替你完成愿望。’妖狐回应：‘那么，我会在一个月内让她变成一个死人。’留下这句话，它就消失在了山中。”

岩永默默喝了一口冰红茶。她很想点一块蛋糕，可是又不能现在喊服务员过来。

“大概十天以后，阿澄在路上像是被拦路抢劫的人捅死了。等到葬礼和集团的混乱终于告一段落，我要回到公司时，一个男人突然在与我擦身而过之际说道：‘我替你杀掉了你妻子，你也不要忘记约定。要是无法兑现承诺，下一个就轮到你了。’他就是妖狐的化身。我答应后，男人便同狐狸一样眯了眯眼睛，离开了。”

“所以你就兑现了诺言？”

“是的，收购和开发那块地用了挺长时间。有好几次我都担心妖狐会不会嫌慢，过来催我。不过，我总算在一年内将那里开发成了狐狸无法居住的地方。自那以后，妖狐就从我身边消失了。

“大概是因为我毁掉了与它敌对的同类的家，如果被周围的同类知道它曾经与我有接触，它会遭到怀疑吧。在此之前，它与我接触时估计也很小心。”

这件事基本上等同于犯罪了。岩永觉得那只妖狐做了一件相当危险的交易。

“这样的交易最需要避开的就是同谋关系。因为警察和周围的人都不会往委托妖怪杀人方面考虑，所以我非常安全。不过，妖狐恐怕就得谨慎一点了。”

岩永很了解妖狐或妖怪，她觉得没有几个妖怪能够想到“通过与人类交易伤害同类”的方法，但是，应该还是比能够想到“人类委托妖怪杀人”的警察要多吧。不过，对于刚一和妖狐来说，这都是完美犯罪。

“后来，音无集团不再扩张，开始把经营目标设定在力所能及的范围内，同时也根据不同部门的情况，要么缩小规模，要么干脆将整个部门出售。由于当时行情很好，当然有人反对。关于我暂时担任社长一事，也存在一些争议。不过，大多数人都意识到公司的发展已经到达极限，所以出乎意料地顺利。”

那是岩永出生之前的事，当时妖怪们应该也苦于无人给它们出谋划策吧。

“没过多久，整个国家的经济状况急剧恶化，沿袭扩张路线的其他企业全部遭受打击，当时的环境证明早一步采取对策的我是正确的。倘若一直听从阿澄的命令，集团必定会遭受粉身碎骨的重创。”

“受尊夫人控制的孩子们如何了？”

“我告诉他们，他们可以选择自己想要过的人生。所以，长子离开集团，成了一名厨师，如今已经拥有自己的餐厅。长女与当时的男朋友结了婚，对方也事业有成，如今他们家庭美满。次子参与到集团的管理中，成为常务董事，虽然不知道他能否爬得更高，不过，这已经是非常圆满的结果了。”

时代已经证明，要是没有转换扩张路线，集团早已遭受致命伤。而孩子们选择了与母亲的愿望背道而驰的人生，他们在二十三年后都过上了幸福的生活。

岩永稍微有些感慨。

“也就是说，尊夫人去世以后，就万事如意了吗？”

她不会说什么“不能通过杀人获得幸福”的古板道理，不过亲眼见到成功案例，倒是一个罕见的经历。

大概是感受到了岩永的心理活动，刚一苦笑着承认。

“是的。选择杀人这条禁忌之路以后，一切都顺利起来了。顺利得让人难以置信。”

“那实在是好极了。我可以点一块戚风蛋糕庆祝一下吗？”

这时，玻璃杯中的冰块也已经融化掉了，她摇了摇吸管，也完全听不到冰块碰撞的声音。

“请继续听我说，并不是‘好极了’。哪怕有谁觉得要是当时阿澄没死就好了，我也会反省自己杀人并不是好的选择，并且深刻认识到任何选择都要承担相应的后果。”

刚一坐直身体盯着岩永，眼中仿佛藏着一把利刃。

“你知道我以健康为由退出集团管理层的事吧？其实我体内有好几个恶性肿瘤，已经转移到了全身，经过诊断，我的余生只剩下一年时间。据说再过半年我将无法行走，还会受到剧痛的折磨，晚景将会非常凄凉。貌似有些疾病是现代医学无法解决的。这件事我还瞒着家里人，还请琴子小姐帮我保密。”

他已经退出管理层，就算被周围的人知道了，也不会影响到音无集团的股票。不过，他还是希望尽量不要将这种有可能会引起骚动的信息泄露出去。

“那么，我们就进入正题吧。听到我身体已经是这种状态，老实说，我松了一口气。我想，杀人的报应终于来了。虽然没有亲自动手，可我确实在明确的杀人动机下，委托别人杀害了妻子。这是毋庸置疑的杀人行为，必须得到应有的惩罚，否则就违反了秩序。我打算在生命的最后，拒绝缓解疼痛的治疗和安乐死，放任自己承受那种痛苦。”

也许音无刚一骨子里是个善良的人。因为善良才无法对集团的危机、孩子们的困境袖手旁观，他走投无路之际，只好依赖刚好现身的妖狐这一神秘力量。

所以，他无法发自内心地为过去的成果而喜悦，他大概无法从自己做了错误抉择的自责中解脱。岩永也有几点非常认同。

“这的确违反了秩序。所以，您希望我做什么呢？”

人类不该主动与妖怪联系，妖怪同样不能过度影响人类世界，否则将会打破双方的秩序，引起混沌状态，也会致使双方的世界难以维持平衡。岩永身为智慧之神，担负着守护秩序的责任。

大概是看到岩永的神色陡然变得冰冷锐利，刚一轻轻动了动身体，说道：

“我担心的是孩子们。孩子们因为母亲的死而变得事事如意。这种成功的经历非常危险。倘若将来面临同样的状况，他们发现某个人的死可以让一切顺利起来，或许，第一个浮现在脑海中的选项就是杀人吧。”

“也许吧。”

“所以，我必须告诉孩子们是我杀了阿澄，必须让他们清楚地认识到……我的死状这般凄惨，就是杀人的报应。”

尽管刚一的死状与杀人之间的因果关系并不明朗。不过，只要犯下杀人罪行的人死状凄惨，就能让人感受到因果报应。或许这能够成为一个警戒，也能成为一个教训。

“可是，我是借助妖狐的力量杀害阿澄的，所以拥有强有力的不在场证明。我是不可能犯罪的。而且，就算我告诉孩子们我是借助妖狐的力量达成的，他们可能也不会相信，说我雇凶杀了她同样无济于事。因为亲自动手的是妖狐，所以我无法证明自己有罪。”

“就算妖怪真的存在，普通人也不会相信吧，雇凶杀人也很难让人信服。”

岩永也在刚开始对话时就否定了雇凶杀人，因此也无法说服别人。

“所以，必须想方设法让孩子们相信，是我杀了阿澄，对于我而言不可能的犯罪，实际上是可能的。我希望能够得到你的协助。”

岩永听到这里，总算明白他为什么需要自己了。

“就算杀人方法是胡编乱造的也无妨吗？”

“与狐狸做了杀人交易，听起来更像胡编乱造吧？”

说得没错，因为这不是落语。

刚一大概是觉得岩永会答应自己的请求，于是放下心来了。他的表情也慢慢松缓下来。

“另外，孩子们也有权知道是谁杀害了他们的母亲吧？要是他们一直蒙在鼓里，这件事就会成为一根始终插在他们心头的刺，让他们无法释怀。”

“事件变成悬案的话，他们肯定难以放下吧。”

岩永也同意他的想法。归根结底，刚一是在良心的驱动下决定的。正因如此，岩永才难以反驳。

刚一的脸上露出一抹满意的微笑。

“用什么方式让孩子们相信我的罪行，我已经全部想好了，你的任务我也安排好了。对了，聊这件事之前再点些吃的东西吧。戚风蛋糕可以吗？”

“请再来一块奶酪蛋糕和抹茶卷。”

接下来的内容似乎会更加错综复杂。为了能够充分调动大脑，她需要提前补充糖分。

也不知刚一中意她哪里，笑得肩膀轻轻颤动。

“怪不得岩永家的大小姐会被大家津津乐道，要是能早点认识你就好了。”

接下来的话题同样非常棘手。在刚一安排的程序以外，岩永恐怕也要单独行动。目前需要找到提出交易的妖狐，向它打听一下事情的来龙去脉。尽管她不认为刚一在编故事，可是如果有办法确认，就不能敷衍了事。

岩永望着走向餐桌的服务员想着：“难得的大学假期，实在是太麻烦了。”

“这就是二十天前发生的事。”

八月快要结束了，天气依然炎热。岩永下午来到了男朋友樱川九郎的公寓，将刚一请她帮忙的事告诉了他。

今天他们本来约好晚上去看电影然后在外面吃饭的，不过她觉得这件事也需要九郎帮忙，所以提前来到他家，告诉了他事情的经过。

话至中途，正在坐着折叠刚洗好的衣服的九郎同情地说道：

“你又卷进麻烦的案件里了。”

“是啊，会长接下来的安排会更加麻烦。”

“虽然挺不容易的，但你加油吧。这是我打工时收到的牛肉大和煮*罐头，送你好了，里面的生姜很入味哦。”

说着，他从随便丢在一旁的塑料袋里拿出一个罐身已经变形、恐怕已经不能摆在货架上的罐头，放到岩永面前。不，他关心的方向大错特错。要是水果罐头还好，谁会用大和煮犒劳女孩子啊？说不定还过期了。

“你怎么说得事不关已似的？我不是都拜托九郎学长一起去帮忙了嘛！”

她将手中的罐头扔出去，砸到男友头上，九郎当然还是一副若无其事的表情，将滚落的罐头捞起，不解地说道：

---

* 大和煮是日本明治时期发明的一种料理，用浓郁的香辛料将兽肉煮熟而成，后来经常用作罐头。

“这是二十天前的事吧？你不是用不上我才瞒着我的吗？”

“我是在做补充调查！在制订出应对方案之前，这件事很不好说呀。”

有时，向妖怪问口供时，有九郎在场会比较好。不过，有些时候，对方看到九郎会吓得屁滚尿流，变成缩头乌龟，导致调查停滞不前。所以，这次她就暂时单独行动了。

“所以呢，你找到与会长进行交易的妖狐了吗？”

九郎非常清楚岩永会如何行动。

“嗯，与住在遭到商业开发的土地上的妖狐是敌对关系，符合这个条件的妖狐就只有一只，所以很快就找到了。我把事情告诉了我在妖狐一族中的朋友，让它把这家伙带到我面前，对方马上把它五花大绑地交出来了。对了，它叫吹雪。”

半夜，有个妖怪过来传话：“已经抓住了您要找的家伙。”琴子就马上赶到那座山，一只五花大绑的狐狸在十多只同类的包围下，像时代剧里被押解到衙门的犯人一样跪在那里。岩永只想询问当时的情况，并没有命令它们这般粗暴地对待它。不过，倒也理解它们的做法。

“看来在同族里，这家伙的行为也很恶劣呢。”

九郎一边转动着手中的罐头，一边开口。

“虽然它们族内也经常发生纠纷，可是利用人类破坏山林的方式，还是令人无法容忍的暴行啊。狐狸和狸子宜居的地方本来就在减少，它竟然还让人类破坏，太不像话了。”

因为商业开发而被赶出家园的妖狐不只那一只，据说那些狐狸为了找到新的家园饱尝艰辛。也就是说，吹雪的行为得罪了很多妖狐。于是就把它给绑起来了。

“妖狐吹雪的确曾向音无会长提出交易，而且事情的原委也大体吻合。吹雪也很后悔，它说‘没想到事情竟然被人类捅出来了’。毕竟妖怪与人类不可能友好交流，音无会长也做了亏心的交易，所以，它当时肯定觉得就算不封住他的口也不会败露。”

事已至此，吹雪也放弃了抵抗，毫无保留地交代了。

“吹雪非常狡猾，但最终还是败给了音无会长的善良。”

“你在圈里的恶评才是致命伤吧？要是没有那些传闻，会长也不会找你帮忙。”

按照男朋友九郎的说法，好像岩永才是万恶之源。

“肯定是那些嫉妒我可爱的家伙在散布这些无凭无据的谣言！”

“人家有凭有据吧？”

刚一说过，岩永和传说中一模一样。

考虑到这个话题对自己不利，她迅速跳过去了。

“总之，我核实了音无会长的说法——尽管有些不一致的地方。”

话虽如此，她也不会向刚一汇报自己找到了妖狐的事。在社会上，刚一和他的家人比岩永更有权力。就算自己将这次的委托泄露给外界，非但不会有人相信，反而会遭到白眼，恐怕还会给父母惹麻烦。这件事听起来不仅荒诞，还脱离了现实。刚一可能也是考虑到了这一点，才会告诉岩永真相。在这种情况下，没必要让他看到自己的全部手腕。

“然后呢，妖狐吹雪今后会被如何处置？”

九郎似乎担心它会遭受同族严酷的惩罚，岩永耸了耸肩膀。

“欺骗人、利用人都是妖狐本性，而且也不会立刻破坏秩序。即使妖狐给人带来了不幸，我也不会不容分说地向它问罪。反过来说，即使人类伤害了妖怪，我也不会立刻处理。”

“也对，不能随便将人类世界的法则扣在妖怪头上，反之，也不能粗暴地强行用妖怪的规矩制裁人类。”

九郎虽然一脸无法释然，却并不打算反驳岩永的逻辑。

“这仅仅是族内的争端，我也没有资格作出裁决，理应交由它们族内自行处置。倘若它们当时询问我的建议，我也会作出某种判决。不过，妖狐们说‘接下来的事，就由吾等自行处置’，将吹雪押走了。”

岩永又补充说，由于吹雪老实地坦白了，所以可以罪减一等。如果没有斟酌量刑，以后再发生相同的案件时，有的妖怪或许不会再协助岩永取证。所以，吹雪应该会留下一条小命。虽然有可能会受到生不如死的惩罚，不过，那完全取决于吹雪的妖品。

“那么，你打算怎么答复依靠妖怪的力量获得利益的音无会长呢？有没有遭到破坏的秩序需要你去纠正呢？”

岩永挠了挠头。这是平衡的问题。墨守成规地把一切分得清清楚楚，也挺不自然的。就算定居在酒店房间里的幽灵或妖怪让客人或酒店员工头疼，也不能说是破坏秩序，岩永感觉自己没有必要强行采取驱魔措施。

可是如果置之不理，人类就会对妖怪表现出强硬的态度或者采取强硬的措施，导致妖怪们陷入困境。在矛盾扩大前采取不会给双方造成损失的对策，就是岩永的工作。

“如果只是借助妖怪的力量让自己生意兴隆，或与喜欢的人结合的话，还是一件令人欣慰的美谈，然而涉及了谋杀，还是在社会上有头有脸的人的蓄意谋杀。这是不可饶恕的重罪。”

岩永斟酌着语句，这样回答九郎。

“确实，如果觉得这件事无所谓的话，就相当于默认位高权重的人可以借助妖怪的力量动摇现实中的人类社会。”

九郎大概是感觉到了其中的危险性，沉声说道。回顾过去，也存在过承认妖邪的存在，并在权力中枢设置相应职位的时代，可如今已不复当初。法律并不是在承认超现实力量的前提下制定的。

“目前音无会长还没有将这件事告诉除我以外的人，不过他既不认为自己的行为是正确的，也想警示自己的子女们。只是他斟酌再三后改变了主意。他担心把这件事告诉儿女，他们有可能在遇到困难的时候，产生委托妖怪也无所谓、只要委托妖怪就能万事大吉的想法。必须要杜绝子女们知道真相以后，可能会借助妖怪力量的念头。”

刚一也说过，成功经历会成为习惯。

“另外，妖界也不会允许人类毫不犹豫地依赖它们，肆无忌惮地接近并利用妖怪。妖狐吹雪就是因此受到了同族的制裁，人类也必须付出同等的代价——这就是秩序。”

倘若刚一亲手杀了妻子阿澄，岩永肯定没心思干涉。倘若吹雪只是杀了阿澄，将敌对的同类赶出领地，并没有与人类做交易，事情也不会偏离轨道，岩永也没必要插手。

九郎轻轻歪了一下头。

“音无会长不是得了恶性肿瘤，余生所剩不多，这难道不是报应吗？”

“要是年纪轻轻就病倒的话还算报应，可他已经八十一岁了哦，可以说很长寿了吧。临终时究竟会有多痛苦，谁知道呢？在他这把年纪，也可能会因为肿瘤以外的原因早早就撒手人寰，轻轻松松地就死了。那么，在周围的人的眼中，会长的一生就是这样的——他的选择是正确的，一辈子都没有留下遗憾，最终寿终正寝。要是我不插手的话，就会与他的本意产生矛盾。”

九郎苦笑。

“你还真是严格啊。”

“这种处理方式已经很宽大了。”

对方是日本屈指可数的大集团的会长，他的判断和行动都很慎重。

“另外，会长为了纠正自己过去的行为，选择委托了我，从秩序的层面来说，也是很危险的行为。”

岩永认为这才是最大的问题。

“危险？”

面对九郎一脸茫然的反应，她点点头继续解释：

“正常来说，事业有成的成年人不可能会信任我这种年轻人吧？这说明在音无会长的内心深处，已经根植下了遇困之时，可以依赖那些常世之外事物的念头。”

“也对，他要是不相信理外之理，也不会找上你嘛。”

尽管那是人类法律无法制裁，即使曝光也不会有人相信的内容，可他竟然将杀人经历告诉了一个外貌像中学生，素未谋面的小丫头，这可不是用勇气就能解释通的。

“因为会长本人被他过去借用诡异力量，并获得成功的经历牢牢束缚住了，所以他才想再用那种力量纠正过去，倒也不是不能理解。”

这话题只是想想就令人无比沉重。此事必须请九郎出手相助。

“所以，这起事件在我的职责范围之内。”

九郎大概是关心岩永，所以没有表现出拒绝的态度，他一边思考今后的行程，一边问道：

“所以呢，具体的安排是什么？音无会长不是有计划吗？”

刚一在那次见面之前已经有了想法，接下来要让岩永接受他安排的角色。对于刚一而言，岩永是计划的一个零件，主导权握在自己手中。不知他有没有考虑过岩永拒绝委托的可能性，不过当时他的言行举止彬彬有礼，那种氛围的确令人无法拒绝。

一切都交给自己，更便于岩永施展拳脚，可是目前这个阶段，与刚一讨价还价，她恐怕还没有胜算。

“我原以为会长会让我进行虚构推理，证明他是凶手，可是事情并没有这么简单。

“‘就算将我是凶手的解释强加于别人，他们也无法从心底接受。所以，要让他们自己动脑筋，在过程中怀疑上我，让怀疑逐渐加深。如果在此基础上给出一个合情合理的解释，他们就会相信我是凶手了吧。’他似乎是出于这种目的，给子女们出了一道题：‘我在二十三年前杀害了妻子阿澄。请解释以上的真相。’能够完美解答出该题目的人，在继承会长遗产时，可以获得优先选择权。”

“就算他没有生病，这么大年纪，肯定也会面临遗产继承的问题，可是优先权又是什么……”

九郎难以理解。岩永在刚听说时也很头疼，这种方式固然有效，但也有可能会在亲人之间掀起不必要的风波。

“这种方法倒也不是把全部遗产都送给某一位优秀的继承人。不过，本质是在法律的范围内，赋予他按照自己的心愿优先选择遗产的权利。不同的继承方式和继承内容，可获得的利益也各不相同。自己想要的遗产，也有可能被其他继承人抢走。一般来说，谁都不会无视这道题吧？”

只要扯上利害关系，他们就会下意识地去回忆刚一可疑的言行。而且，当他们戴上这种滤镜，恐怕连那些与案件毫无关联的言行，也会变得可疑起来。刚一的子女们在心理层面就更容易相信父亲是凶手。

“接下来，就由我来判断哪个人的解释更优秀，给他们排名。”

刚一的策略是用来服务结果的，他委托给岩永的任务，需要她顶受最大的压力。其实也可以说，岩永握有决定遗产分配方式的大权。

九郎似乎也意识到了这项任务的难度。

“棘手啊，围绕遗产继承提出难题。在推理小说中，这种设定会引发杀人事件吧？裁定者的身份说不定会得罪人。而且也有人会来拉拢你，让你作出有利于他的判断。”

“已经有人调查过我了吧。除了这项任务以外，他还希望我能为他的子女提供建议，帮助他们作出合适的解释，并且协助检查他们提交的解释里有没有矛盾或错误。他希望通过这种做法，得出精准的解答。”

要是岩永不是妖怪们的智慧之神，一定会想方设法拒绝这项任务。然而现实却很遗憾，身为智慧之神的她无法拒绝。

“哪有什么合理又精准的解答，真相就是妖狐杀的，不是吗？”

这种解释本身就充满矛盾和错误。

“所以是‘合理的伪解答’。会长觉得要是子女们能够各自给出解答，就能够证明他们具有很强的能力，可实际上究竟如何呢……”

“会长有不在场证明，他们想要证明父亲是凶手哪有那么容易？”

九郎在岩永的身边也参与了许多事件，所以他知道基于已有信息和逻辑虚构一个解答，并不是一件易事。

岩永叹了口气。

“恐怕需要由我提前做好准备工作，引导他们想到一个‘合理的伪解答'。真是会给人找活干啊。"

"最后，可以利用'件'的能力，选出能够让子女们相信会长是凶手的未来，这样就能够达成目标了。不过，前提是要有一个能让我的能力得以发挥的解答。"

九郎除了人鱼，还吃过可以预测未来的妖怪'件'，受此影响，他拥有决定未来的能力——只要是可能性高的未来，就一定会发生。虽然无法让根本不可能的事件发生，但是，就算是那些概率很小的事件，只要提前有计划地将条件准备齐全，就可以确保其发生。

使用这种能力，可以在赛马比赛中抽中大奖。将人的行动或思维诱导至自己预计的方向，也不是没有可能。以这个案例来说，只要准备好刚一的子女们可能会相信的答案，凑齐他们可能会相信的条件，九郎就可以找出所有人都相信的未来。

不过，只要创造这些条件，即使什么都不需要做，未来也有可能如此发展。所以，九郎的能力归根结底只是让可能性变成百分之百。不过，让期望的事件必然发生，就能参与赌注较大的赌博或比赛了，也能够提升自己的信心。如果失败的概率只有一成，只要失败就会造成致命结果的情况，就算有九成的胜算，也免不了会犹豫不决。这可以说是一种既方便又不方便的能力。

岩永并不认为这次的局面需要使用九郎的能力，不过，要是他愿意出手帮忙，自己会更加放心。有他在场就万无一失了。不过将男朋友当作保险措施合适吗？

九郎蹙起眉头，似乎突然产生一个疑问。

“会长的这种安排，裁定的人不是你也可以吧？他本人来做也可以啊。一家人关起门来可以随心所欲地谈论杀人的话题，让外人介入反而会令他们产生戒心，更难提出解答，不是吗？”

“我也这样质问过他，但他回答‘有外人在场，孩子们就会知道这不是家庭内部的娱乐消遣。而且，充满谜团的你来当裁定者，就说明你相信我杀了阿澄。这种第三方的存在，可以让孩子们加倍感受到我是杀人犯的实感’。”

也就是说，他在这里封住了岩永的后路，让她无法拒绝委托。考虑得很周到。

九郎抱臂望向天花板。

“除了自己以外，还有别人相信音无会长是凶手，仅仅是这种氛围，就足以让人加深对这个前提的可信度，原来他是这种打算啊。”

“他觉得可以随心所欲地利用我。”

就算刚一再怎么人好心善，要是没有这种程度的智谋，也不会有如今的地位。

将事情经过全盘托出以后，岩永介绍起具体的日程安排。

“这个周末，也就是九月三日的星期六中午，他会让代表们在酒店集合，倾听他们对这个题目的解答。只不过，倾听最终答案是第二天的星期天中午。在此之前，他也会给参加聚会的人一些时间，让他们互相讨论，交换信息以及修改各自的答案。这就是他的安排。就算后面换成全新的答案也无所谓，他们随时可以将答案提交给我，征求我的意见。”

相关人士汇聚一堂，也是遗产继承故事的固定套路。这种舞台设定，通常都是为了让气氛更加紧张。刚一希望剧情如此发展。他期待见到一个劲爆的结局，让家人相信自己是杀害妻子的凶手。

“原来会长是想让他们互相交流，彼此牵制，再将你的想法添加进去，得到一个有说服力的解答，让所有人都相信他是凶手。”

九郎也准确地理解了他的意图。

“是的，会长大概是想，让怀疑自己是凶手的人聚在一起，通过一天一夜的交流，引导他们进一步强化自己是凶手的观念。”

最坏的结果，也只是无法提出合理且有说服力的解答而散会。可是，通过这次聚会，应该能在他们心头留下“刚一杀了阿澄”的强烈暗示。

九郎皱眉说道：

“这次聚会好像会令人不快啊。”

“九郎学长也要参加这次聚会哦。”

即使是岩永，要在那个地方独自待上两天时间，也会感到无聊透顶。她希望酒店能给他们准备一个豪华房间，可以让他们两个好好放松放松，就当是这次帮忙的福利。

九郎站在挂在墙上的日历面前，一脸得意地道：

“这个周末我有兼职。”

“所以现在就去请假！你打算眼睁睁地目送我一个人去那个讨厌的聚会吗？”

就算岩永这么说，九郎也没什么兴趣。无可奈何之下，她只好摆出九郎有可能会产生动力的诱饵。

“我也知道有点强人所难呀。所以，今天我为了学长，特意穿了性感内衣，是佩斯利花纹哦，想不到吧！你看！”

她像是为了向男友展示自己到底有多性感一般，起身掀起裙子。九郎果断阻止了她。

“算了吧，你的性感度为零，零乘以任何数字结果还是零。还有，我从那种花纹上面根本体会不到你说的性感。”

佩斯利花纹到底哪里不好了？就冲它的灵感来自水果切面这一点，就足以令人感到一丝淫靡气息，不是吗？

九郎命令岩永坐好，自己也在她面前无力地正坐下来。

“星期六我会妥善安排的。比起妖怪的纠纷，面对人类好像会更累。”

她也深有同感。比起一口吞下赛马的大蛇，或是深夜的大山，人类要难应付得多。

话虽如此，岩永已经制订好了圆满了结这个案件的计划。只有一点她还心有疑虑。

刚一初次见到岩永，就如此地信任她。即使因为过去的经历，促使刚一能够轻易信任异类。可是，他对岩永的了解应该只限于传言。

即便他从岩永身上感受到了不寻常的气息，也不至于是那般确信的态度。而且，当她提出能否让男友樱川九郎陪同时，对方也毫不犹豫地答应了。

难道在像刚一这种具有丰富的社会阅历、历经众多苦难的大企业的掌门人眼中，岩永不只是气场，连外貌都有明显不同吗？倘若如此，在刚一的眼中，九郎又会是什么模样呢？要是他表现得过于震惊或慌张，岩永说不定会心生不悦，当场离开。

也许只有到时才会知道。总之，她现在要担心的似乎是另一件事——连叠好的衣物都还没收纳好的九郎，是不是忘记约好出去看电影的事了。

九月三日，星期六下午。岩永琴子和九郎共同出现在高级酒店商务套房的起居室。刚一与其他三名相关人士如约齐聚一堂。这个房间是刚一为了那道难题特别准备的。

酒店是音无集团的核心产业，有时也会用于重要人士的住宿或会议。毕竟是商务套房的起居室，空间很大。房间里配备了好几张沙发和桌椅，空间足够举办一个小型聚会，屋内甚至还配备有厨房和吧台。很适合几个人聚在一起休闲放松，也很适合进行私下会谈。

岩永和九郎并不住在这个房间。这个空间只用于他们讨论刚一提出的谜题，互相验证和提示答案。参与解题的人另有其他房间居住，刚一还指示他们，如果有需要的话，可以在套房集合，共同解题。解题期间，他们既可以一直留在这里，也可以离开酒店，甚至可以在房间里闭门不出。

准备套房的最大目的，就是让相关人员不必在意周围的目光，毫无顾忌地交流过去的谋杀案，探讨刚一是杀人犯的课题。

他要求岩永在解题期间尽可能留在套房，为参与人员答疑解惑，不过也专门为她和九郎准备了其他房间，用作休息。

刚一的准备非常周到，岩永和九郎到达酒店时，连入住手续都没有办理，直接从酒店服务生那里拿到了套房和住宿房间的房卡，并被带至套房所在的楼层。酒店服务生应该也没有被告知详情，一定觉得岩永的样子很可疑吧。

就这样到了中午，岩永将贝雷帽挂到里间的衣帽架上，握着红色手杖坐在套房里的椅子边上，九郎则像管家或秘书一样立于背后。九郎还是一副不起眼的普通大学生打扮，不过到底是正经场合，他作为聚会的一员，也换上了一身黑色西装，甚至打了领带。岩永欣慰地想，身材修长的他相当适合穿西装。

接着，坐在岩永旁边的刚一用愉快的口吻，对参与解题的三名男女宣布：

“首先，你们要提交给我答案，也就是我杀害音无澄的合理解释。谁的解答最为恰当，谁就可以优先继承我的遗产。裁判就是这位岩永琴子小姐。”

桌子另一侧的三名男女集体沉默，每个人的脸上都挂着不安和焦虑，苦笑着坐在那里。

“明天中午，我会倾听你们的最终解答。在此之前，你们不仅可以向琴子小姐提交解答，次数不限，也可以更新或修改答案。结果由明天的最终解答来决定。在此期间，琴子小姐会对你们提交的解答或问题，给出合适的意见或建议。”

三人的视线都落到了岩永身上，她微笑着点头致意。不过，三个人都尴尬地活动了下身体。看他们的反应，似乎对于岩永温和的回应感到意外。

刚一则很享受自己被当成杀人犯的样子，继续说道：

“本来应该让持有继承权的子女们直接给我答案的，不过身为公司董事，目前这种方式应该最无可挑剔吧。你们中一定有人能够猜中当年的真相。我已经提前跟琴子小姐说过了，不过还是重新介绍一下吧。”

岩永在刚一说话期间，毫不避讳地直视三人。

“坐在正中间的是我的次子阿晋，他的右边是长女薰子的丈夫藤沼耕也，左边是长子亮马的女儿，也就是我的孙女莉音。”

刚一要求亮马、薰子、阿晋三人一起参加，不过到场的只有阿晋，长女和长子分别找了丈夫和女儿代理。

阿晋今年五十岁，是音无集团的常务董事。在这些人中，他的社会地位仅次于刚一，在社交界也是人尽皆知的名流。他仪表堂堂，魄力十足，只是坐在那里，就散发着一种在大企业担任要职的气质。

阿晋自从进入这个房间起，就一直神色凝重，脸上有难掩的焦虑，岩永的模样似乎进一步加剧了他的焦虑。

长女薰子的丈夫耕也尽管与刚一没有血缘关系，但是因为婚姻关系，他同样有可能成为遗产的巨大受益人，所以刚一判断，即使他只是代理，也是诚心出席的。只要耕也能够确信是刚一杀了阿澄，薰子应该也会相信。此外，刚一还说：“比起薰子，耕也头脑更加敏锐，也更有胆魄。也许他会给出这道题最好的答案，所以我从开始就希望他能够来。”

耕也五十六岁，但看起来比实际年龄年轻得多。他神态自信，仿佛一切都成竹在胸的样子。若无其事地穿着颜色鲜艳、剪裁得体的名牌西服，在这间商务套房中完全不会显得不合时宜。据说他是业务遍及全国的二手车销售公司的社长，业绩也一直很稳定。他看向岩永的目光里也有一丝惊愕和犹豫，但出乎意料地没有流露出不安。

长子亮马的女儿莉音是刚一的孙女，所以也是遗产的受益人。岩永听说，她今年二十一岁，是国立大学的学生。在这次聚会中，除了岩永就数她最年轻。与男性阵营不同，她并没有因为来高级酒店就穿得很正式，而是一身牛仔裤加衬衫的休闲打扮坐在沙发上。她似乎不习惯这样的地方，不过并没有露出畏缩的神色，脸上露出坚定的表情。

她的五官属于美女的范畴，身高大概是女性的平均高度，可以说是拥有上天赏赐的美貌。刚一也同意让她来参加聚会，他说：“亮马最看重的是烹饪，他不会关了餐厅赶来的。对于莉音而言，祖母遭到谋杀已经是她出生之前的事。正因如此，她才能不带成见地对待这个案子，能给大家提供不同的视角吧。”

正所谓三人三面，每个人都有自己的做事方法和思路，在场的人里没有人是带着玩笑和儿戏的心态来的。他们为了得到最好的结果，似乎都在努力地让自己的注意力高度集中。

岩永已经规划好了事情的发展方向。只要大家跟上她的思路就能顺利进行。

“爸爸，我之前也问过您很多次，您都没有回答。大家现在都在百忙之中，老老实实地聚在这里了，您就说说到底在打什么算盘吧！”

要是知道自己父亲寿命所剩无几，他大概会采取不同的态度吧。不过，岩永非常理解他想要质问“这到底是出什么闹剧”的心情。

刚一轻轻笑了一下。

“我已经说过了。我只是想让你们知道，到底是谁杀了你们的母亲。看吧，那个人一定会遭到报应。”

“爸爸怎么可能杀了妈妈？就算杀了，事到如今再搞这出又有什么意义？”

“等你们发现真相的时候，也许就能知道此举的意义了。”

刚一从容不迫地回答。面对他这样的态度，阿晋的气势显然落了下风。

这时，阿晋指着岩永道：

“那么，您让这个人偶一样的大小姐当裁定人的理由又是什么？

家丑不可外扬，要是爸爸杀了妈妈，那就更不能允许外人在场吧！”

“琴子小姐是最适合的人。”

刚一完全不做解释，语气也非常平和，但他的语言却有让人信服的力量。岩永佩服不已，执掌大企业的人，气场和魄力果然不一般。

接着，刚一催促岩永。岩永则拿起手杖，从椅子上起身，面对三人行了一礼。

“问候迟了，我是岩永琴子。我身后的这位是樱川九郎。由于我的右眼是义眼，左腿是义肢，我已经获得许可，让樱川与我共同出席，以便在非常时刻有人照料。”

此时介绍九郎是自己的男友，会给人留下轻浮的印象。所以，她就只说了这些。也是因为这点，她没有让九郎坐椅子或沙发，而是让他像随从一样站在自己的身后。

“我和樱川都不会将在这里听到的内容泄露出去，在明天离开酒店的那一刻，我们就会忘记一切。这两天就请各位放心地谈论，将答案交给我吧。”

岩永毫不在乎三人的反应，淡淡地说道：

“我会按照音无会长的期望，依据真相与秩序，公正地评判各位的答案。”

说罢，她低下头，坐回椅子。三人都露出不知所措的神情。刚一却立刻起身。

“就是这样。我很期待明天的解答。我再重申一次吧。二十三年前，我杀害了阿澄。我就是凶手。希望你们能够弄清真相。”

刚一说完，迈着满意的步伐离开了商务套房。无论是从年龄、外表还是健康方面来看，刚一都比岩永更需要人照顾，但他全然没有让人担心的迹象。他的病情成功瞒过了身边的人。

自己多年的盼望和计划就要完成，这件事带给他的兴奋感，或许已经超越了衰老和疾病。

终于要进入正式演出了。岩永抚摸着手杖的握柄部分，注视着他们三人。

走进这间豪华套房之前，音无莉音一直在想，自己是被卷入了什么阴谋？来到这里之后，她依然没有找到答案。她的疑问可以说更强烈了。尤其是名为岩永琴子的女孩，实在太让人捉摸不透。

事情发生在上个月中旬左右。当时，父亲亮马被祖父叫了出去。他一回家，就强行塞给了莉音一项任务。

“爸爸给我出了一个奇怪的难题，你替我去做。”

据说刚一给三个子女出了一道题——他在以前杀过人，想让他们调查清楚他的杀人手法。

刚一甚至准备好了奖励，即按照分数高低给予他们继承遗产的优先权。一直以来脾性温和的祖父，为什么要提出可能会让儿女反目的题目呢？儿女们比起震惊，更多的是警惕。

莉音和刚一关系疏远，一年只会见几次面。祖父是世界级别的酒店集团的会长，父亲虽然是长子，却没有在集团内任职，而是独立经营着一家小规模的日本餐厅。所以，莉音很庆幸自己出生、成长在一个普通的家庭。

父亲开的料理店虽然定位为高档日式餐厅，但餐厅的经营理念却是“可以吃到轻奢的日本菜”。晚间供应各种高级料理，午餐则提供价格适中、多种多样的套餐和盖浇饭。听父亲说，他希望打造一家学生和白领都能随时走进来的餐厅。

亮马曾在一流的高级日本餐厅修炼，高超的厨艺甚至有资格在音无集团的酒店里担任主厨。不过，比起使用高级材料做出的菜品，他本人更想烹饪让客人在平时怀着轻松的心情品尝，并由衷赞上一句“好吃”的菜。所以，他刻意将餐厅装修成休闲风格。在他的经营理念下，餐厅广受好评，顾客也络绎不绝。

他年轻时曾是大集团的长子，过着上流的生活，吃着高级的食物，作为继承集团的管理人员，接受过特殊的教育。可是，这反而激起了他的逆反心理，非常厌恶那些精致的东西，更向往匠人的生活方式。这些都是母亲告诉莉音的。

父亲的人生但凡走偏一点，莉音就会作为音无集团的大小姐，生活在豪宅中吧。想到这点，她并没有产生憧憬的情感，而是受到拘束的恐惧。

她当然与亲戚保持着基本的来往，所以，也会在婚丧嫁娶时遇到叔叔和姑姑，与他们的子女寒暄。不过，她从来没有踏进过那些人的私人领域。就算去父亲的老家做客，她也觉得那里是另外的世界，甚至发出感慨："从大门到房子到底要走多久嘛！"

所以，就算听到祖父的遗产，她也没什么概念，亮马似乎也跟她一样。餐厅生意兴隆，也没有债务，父女二人住在环境不错的公寓里，对生活没有任何不满。收到以亿为单位的遗产，反而会扰乱他们风平浪静的生活，所以亮马和母亲都表现得很冷淡。

莉音一方面觉得，今后不知道会发生什么事，所以能争取的东西当然还是要争取；另一方面却又有些担心，就算以后真的让他们家继承难以管理的公司，他们也无力应对。

不过，祖父出的题目也让她很是困扰。祖母被杀是莉音出生之前的事。她只在照片上见过祖母的样子，也不记得父亲和亲戚们谈论过她。她完全没有被害人是自己亲戚的实感。案子发生时亮马三十三岁，也曾接受警察的调查取证，所以没有事不关己或者脱离现实的感觉，但是对于莉音而言，这个案子实在过于遥远。

就算让她解释犯案的凶手是祖父，她也只能是无可奈何。

不过，亮马似乎并没有将这道题视为父亲的玩笑或是心血来潮。

"爸爸会这么做，一定有他的理由。他一定是想让我们注意到什么。"

刚一甚至将题目内容和当时详尽的搜查资料一起发给他们，因此这不可能是恶作剧。

"要是爸爸杀害了妈妈，他势必会受到非常大的打击，真的还能如此冷静吗？”

比起题目的内容，亮马更关心的却是目的，这一点非常可疑。看他的反应，似乎哪怕祖父杀了祖母，他也一点都不惊讶，这意味着他有更担心的事。

亮马沉默了片刻，目光还未从思绪中抽离，回答道：

“当时，妈妈死后，一切都顺利起来。就算爸爸是杀人凶手，我也恨不起来。而且，爸爸当时有不在场证明，不可能是凶手。”

接着，他似乎无法整理自己的思绪，一脸痛苦地说：

“爸爸说他想让我们看看，犯罪终会得到报应。爸爸对于二十三年前的案子，至少知道一些特别的隐情吧。”

亮马将搜查资料强行扔给莉音，不容分说道：

“我是案子的当事人之一，心中已有成见，或许你比我更能看透真相。关于遗产，要是你有想要的，就按照你的意愿去拿吧。你是不是在想，为了防止继承自己不想要的东西，最好能获得优先权吧？”

亮马很了解女儿。莉音还有一些其他问题，但是亮马却没有给她开口的机会，也没有让她找到拒绝的借口。

“而且，这种情况，阿晋是不会放心让别人代理的，他应该会亲自出席。我们只要一见面就会吵起来，还是你去比较好。”

亮马与弟弟阿晋的关系非常恶劣。莉音的记忆里，完全没有他们两个正常交流的画面。他们从十几岁起就一直脾气不合，恶劣关系持续到了今天，始终不曾缓和。所以说，他们之间的矛盾根深蒂固。据说他们连对方的直接联系方式都不知道。

莉音倒是不讨厌叔叔阿晋。虽然不至于关系亲密，但阿晋把电话号码和邮件地址都给了她，让她有困难随时找他商量，他是个会关心别人的人。为了不造成场面混乱，于情于理，莉音都必须去参加。

就这样，莉音来到了指定的高级酒店，被带到住宿的房间。没多久，又被领到了这间豪华套房，并亲眼见到了岩永琴子，那个受邀担任这个奇怪聚会的裁定者。

刚一给的资料中，就只有“现年二十岁的大学生，世家的独生女”这种类似人物简介的信息。由于亮马不怎么活跃在社交界，所以并不知道那方面的传闻。既然是刚一选择的，她应该不是一个简单的大小姐吧。莉音来此之前，就只有这种程度的心理准备，她从未想过对方是这般模样。

看到她的第一眼，甚至觉得有人在自己面前放了一个等身高的人偶。眼前的少女可爱端庄，让人感觉不到体温。看向她时，她会点头微笑，证明她并不是人偶。但是她的脸无比小巧，五官充满稚气，令人无法相信她只与莉音相差一岁。而且，岩永的举止和声音也落落大方，浑身散发出一种强者的气定神闲，似乎对在场的任何人都不屑一顾。

她刚刚说，自己的一只眼睛和一条小腿是义眼和义肢，甚至还带来了一位照料自己的青年。青年身材修长，体态端正，但模样平平无奇，站在岩永身后更加没有存在感。不过，或许这样更便于他在紧急的时刻，不引起任何人的注意迅速采取行动吧。

不能被她的外表迷惑，掉以轻心。岩永琴子并不是被当作花瓶的大小姐。莉音再次紧张起来。她会怎么裁定呢？祖父到底给了她多大的权限？

刚一离开房间后，很长一段时间都没有人出声。虽说让他们在明天中午之前互相讨论案件，修改各自的答案，但这并不是一个可以轻松开口的话题。

阿晋和耕也碍于年龄和社会身份，反倒更加不能轻率地采取行动，莉音想要打破这沉重的气氛，谁知岩永竟然率先不假思索地开口，语气和蔼又慵懒。

“咳，大家辛苦了。腰缠万贯、有权有势又足智多谋的老人玩起阴谋来，还真是令人烦恼呢。”

她何止是慵懒，明显是一副厌倦的模样，对莉音他们摆了摆手。适才她还是一副陶瓷娃娃般冷冰冰的样子，倏然间变成了栩栩如生的人，像个极普通的小女孩一样动了起来。

“大家或许都觉得我很可疑，对我怀有戒心。你们大概在想：‘你是什么人，为什么出现在这里，你到底在帮他搞什么阴谋？’”

岩永环视着莉音等人，有些愤愤不平地开口。

“可是诸位想一想，我才是最为难的。你们都是会长的亲人，被他召集到这里合情合理。而我呢？是一个彻头彻尾的局外人。可是，我却接到一个奇怪的任命，今天专门大老远跑过来。或许你们会说，要是不乐意拒绝不就得了？可是，那可是音无会长的请求，谁胆敢拒绝？”

“这倒是可以理解……”

听到岩永毫不拐弯抹角的肺腑之言，阿晋无措地表示同意。

“而且，还要给各位评分和排名，肯定会得罪分数低的人，以后不知道会遭到什么样的报复。”

莉音和父亲亮马没有为难世家大小姐的能力，但阿晋和耕也却有这个可能。

听完这句话，耕也慌忙摇头。

“不，我们不会这么小肚鸡肠。”

“爸爸也不会允许我们这么做的。”

阿晋也拥护他的说法，岩永却咋了一下舌。

“可是，会长又不会长生不老，要是你们在他去世以后对我动手，我就难办了。不过，会长如今还健在，所以，如果我不能好好地完成任务，肯定会惹他不悦。这样下去的话，无论如何发展，我都不会有好果子吃。”

被她这么一说，确实如此。莉音没有考虑过岩永是被害者的情况。被迫担任资本家一家的遗产继承的审判者，她一定很为难。

然而，莉音的疑虑并没有彻底打消。

“那么，爷爷为什么这么信任岩永小姐？他不会对一个普通人委以重任吧？”

听到莉音的问题，岩永向阿晋和耕也问道：

“二位调查过我吧？”

“我是尝试过，但是我信任的调查公司全部回绝了。从他们的拒绝理由中，我非常清楚你的独特。他们都一致建议我，不要对岩永家的大小姐有什么动作。”

见阿晋爽快地承认了，耕也也不打算隐瞒。

“我外甥碰巧和岩永小姐在一个社团。他叫天知学，不知道你还记不记得，他忠告我绝对不能与你为敌。”

“哎呀，您是社长的亲戚吗？社长明明可以更善意地把我的事告诉您的嘛。”

“不，阿学没有恶意，你千万不要怪他。”

耕也慌忙纠正。莉音虽然不认识她，但看起来这位岩永琴子在某些阶层中间其实是个名人，而且似乎大部分都是坏名声。

岩永无力地垂下肩膀，有些丧气。

“总之，在一些完全与我无关的领域，总有一些不负责任的谣言，也许会长就是因此才看上了我。我被奇怪的流言缠身，很难从外貌判断出我的身份，因此只要有我在场，你们就会紧张起来，认真地参与解题，这大概就是他的目的。”

随后，她撩了一下自己柔顺的头发，嗟叹自己的不幸一般重复道：

“也罢，我以前也遇到过几次案件，并且帮上了一些忙，已经习惯帮助大家推理或架构假设了。”

这位大小姐似乎有许多非比寻常的逸事。

岩永深深地叹了口气，换上郑重的表情。

“闲话不叙，我不想因为这项任务与任何人结仇，也想尽快了结此事。这里的九郎学长其实并不是我的随从，而是我从高中时代就交往的男朋友。”

她这么郑重其事，要说的居然是这个？耕也听到男朋友这个词，稍微有一些反应，岩永却不以为意地说：

“难得能跟男朋友入住高级酒店，谁都会想要悠闲地享受一番吧？浴室也很宽敞，人家还想跟男朋友一起入浴，先洗洗这个，再做那个呢！”

下一秒，岩永的脑袋便被身后的九郎重重地敲了一下。区区一个随从可不会殴打这位可爱的大小姐，但是男朋友就下得去手吗？阿晋和耕也都瞠目结舌，紧张感瞬间烟消云散。

尽管莉音被吓得目瞪口呆，但是因为听到了不懂的词，忍不住问阿晋：

“叔叔，‘洗洗这个’是什么意思？”

“这个嘛，耕也先生或许比较清楚。”

“晋先生，做人可不能太滑头了！”

两个大人窘迫地推来推去。这似乎是不能正大光明地问出口的词汇。

挨打的岩永用手杖挥向九郎，清了下嗓子，重新将脸转向莉音等人。

“失礼了，我流露出了过多的个人欲望。因为之前我们一起去了温泉，他却不愿意洗鸳鸯浴。不过，各位也不希望到明天之前一直彼此猜忌，在疑神疑鬼中度过吧？”

这位大小姐到底哪句话是真，哪句话是假，哪句话又是玩笑呢？阿晋和耕也在来参加这次聚会时，已经有了某种程度的心理准备，但是岩永的个性已经超越了他们的想象，打乱了一切。主导权握在她手上。阿晋和耕也大概都感觉到了这一点，所以不敢轻易回答。

关于这一点，莉音要比他们二人轻松许多。她想尽量把握岩永的企图，直截了当地点头认可。

“是啊，要是亲人之间因此闹僵的话，也没有多大意义。”

阿晋和耕也都没有提出反对意见。

岩永这时微笑着建议：

“那么，就请你们现在开始商量吧。”

商务套房中只剩下阿晋、耕也和莉音。岩永从衣帽架取下贝雷帽，拄着手杖。

“我们大概一小时后回来，在此期间请你们商量一下我的提议。”然后，她与九郎一起离开房间。

只在这里坐了一个小时左右，局面居然已经这般混乱，莉音觉得自己耗尽了一天的能量。阿晋和耕也的脸上也难掩疲惫。

桌上放着客房服务按照人数订的咖啡，无论他们能否接受岩永的提议，都打算商量一下，他们必须商量。

阿晋的身体陷在沙发里，他维持着那个姿势，喃喃自语。

“她的建议到底是爸爸的指示，还是岩永大小姐擅自决定的呢？”

耕也左手拿着茶托，右手端着茶杯立在窗边，皱着眉头。

“通常来说，她不会对会长的意向熟视无睹吧？”

“可是，那位大小姐看起来可不像会乖乖听话的。”

莉音对她的印象似乎也一致。

耕也将嘴边的咖啡杯放下。

“她的提议本身并不是坏事吧？会长的本意另当别论，我们被下达的命令是‘解释二十三年前杀害音无澄夫人的人是会长’。只要能做到这一点，我们就算完成了某个阶段的任务。所以，我们三人需要商量，想出一个能让会长满意的解答吧。这样做最合理，也最高效。”

莉音双手捧起咖啡杯。

“按照我们各自对一种解答的贡献值来排名，也具有一定程度的说服力。”

岩永甚至觉得分别倾听他们三个人的解答太麻烦了。就算这是真心话，也不该堂而皇之地说出来吧？她的腔调甚至令莉音捏一把汗。不过，她的头上又挨了九郎一记拳头。

“我们可以按照自己的需求，提前商量好遗产的分配方式，让岩永大小姐汇报我们的名次。方法是可行的，不过这就变成了彻头彻尾的串通行为。”

阿晋没有兴趣讨论岩永的提议。刚一让三人竞赛，岩永却提出了一个皆大欢喜的建议。如此一来，亲人之间就不必彼此仇视和试探，岩永也不必因为排名而得罪人了。

阿晋抬头望向天花板。

“爸爸也是一流的管理者，虽说要给优先权，但是对于集团相关的资产或权力，他不会允许不合理的继承或转让吧？不过，爸爸和我在经营方针上有分歧，这一点也必须纳入考虑。所以，不能随意看待这次的题目。反过来说，只要能确保公司运营不偏离轨道，我完全不在乎排名。”

接着，他将话题丢给耕也。

“薰子姐是怎么想的，耕也先生？”

对于阿晋而言，耕也是姐姐的丈夫，也就是自己的姐夫，年龄上也是耕也更大。所以，在他的面前，阿晋的态度相当恭敬。另外，耕也对阿晋也很客气。阿晋的社会地位更高，跟他接触时，耕也很难摆姐夫的架子。顺便一提，莉音分别喊他们晋叔叔和耕也姑父。

耕也有些抱歉地望着远方。

“薰子说，要是遗产被亮马先生或晋先生中的其中一人继承，那就太没意思了。晋先生对集团贡献很大，很受会长赏识。亮马先生则完全相反，他离开集团，选了一条自己的路，这份气概也赢得了会长的颇高评价。在这方面，薰子感觉自己不那么受父亲喜爱，要是你们两人在继承遗产时受到优待，她好像会更加觉得父亲偏心。”

阿晋听了，语气里有些责备耕也的意思。

“耕也先生的公司要是能多借助音无集团的力量，爸爸和薰子姐的接触也能多一些了。”

“毕竟我也有自尊啊。要是被别人认为我是借助音无家的力量才功成名就的，我会有些不舒服。而且，薰子其实一点也不在乎金钱。虽然我如今也算得上一名企业家，但结婚时根本前途未卜。”

“原来姐姐只是想要打败我和哥哥啊。她是不是想趁这个机会证明，自己嫁的丈夫比我们都要优秀？”

“不管怎么说，亮马先生和晋先生都太过优秀。薰子潜意识里已经产生了自卑心理。”

听着二人的交谈，莉音想起了姑姑薰子。虽然没有说过几次话，不过印象中的她身材娇小，窈窕美丽。

这时，耕也向莉音问道：

“亮马先生对遗产是什么想法？”

莉音正想回答，阿晋突然一脸不悦地开口：

“哥哥的意见还用问吗？他肯定觉得继承巨额遗产还不够麻烦的，莉音要是有想要的东西，就随她去要好了。”

他说得过于准确，莉音没有要补充说明的。明明与兄长几十年都没有好好说过话了，阿晋却对他了如指掌。

“叔叔，你这么了解我爸爸，怎么关系还那么差啊？”

“因为我太了解他了。哥哥总是做一些我不喜欢的事。要是长子放弃继承，或者得到的份额太少，肯定会被周围的人猜疑。还会有人在背后败坏我的名声，说一切都是我在暗中搞鬼。你知道要应付这些流言蜚语，顺利地完成事务手续，要耗费多少时间和精力？哥哥自己倒是过得不错，颇为心满意足。”

“总觉得有些对不起您。”

“不不，这又不是莉音的错，都是哥哥不对。”

阿晋听到莉音的道歉，忙露出一副自己说漏嘴的表情。这个时候道歉，或许反而会起反作用，于是莉音慌张地将话题拉回来。

“那么，就让耕也姑父排第一位好了，也是为了维护薰子姑姑的颜面。继承财产的分配就由晋叔叔和耕也姑父商量来吧，这是最好的解决方案吧？至于我嘛，就算让我继承管理或处置起来比较困难的不动产或美术品，我也不知道怎么处理，所以只要不让我继承这些，把我排第几名都无所谓。”

耕也的神色有些为难，但他也明白这是相当稳妥的解决方案。

“只要薰子能满意，我倒是无所谓。但是，晋先生呢？”

“只要耕也先生和姐姐想要继承的遗产没有重叠，就不会发生纠纷吧。比起彼此竞争谁的答案更优秀，这种灵活的方式更省事。”

阿晋似乎有所保留，但是，如果可以折中当然最好不过，这就是他的态度。

耕也眉头紧蹙。

“事情的发展越来越奇怪。这可是围绕着巨额遗产的纷争。要是在推理小说里，气氛会更紧张吧，可是现在突然和平收场了。”

“裁定人既然希望能通过商议解决问题，我们当然也要尽力促成。本来我们也没有争夺遗产的打算。就算有不满意的地方，毕竟是爸爸的决定，家里人谁敢抱怨？”

“只是，如果按照会长的要求去挑战谜题，即便争到优先权，搞不好也会声誉扫地。你是不是因此才举棋不定？”

耕也苦笑着想，让自己当第一名，恐怕很难摆脱恶劣影响。莉音却觉得事情恰恰相反。

“大家分别给出不同的答案，竞争孰优孰劣，也许还会如此。可是共同推理出一个结果，只看贡献值高低的话，印象就截然不同了。至少可以分割责任，只要全员同意，所承担的压力就是一样的。”

耕也似乎有些惊讶。

“啊啊，还有这种思路啊。”

“这一点不也足以证明岩永大小姐的提议很有魅力吗……”

阿晋似乎没有往这个方向想过。比起如何证明刚一是凶手，他们更在乎如何维护自己在社会上的声誉。

“话说这个题目真的有答案吗？要是奶奶的案子像警察的判断那样，是随机抢劫杀人案，那么也就不存在什么真相了。而且，爷爷要是凶手的话，他想要让真相大白，弥补自己的所作所为，自己说出杀人方法不是更省事吗？可是，他却让我们思考。他出这道题应该另有目的，你们觉得呢？”

莉音说着，询问阿晋和耕也。

“爸爸也说，爷爷是不是知道一些特别的事，他觉得如今是时候让我们发现真相了？”

阿晋沉吟片刻说道：

“看来就算要接受岩永大小姐的提议，也有几个问题要搞清楚呢。”

一个小时后，岩永琴子在九郎的陪同下回到商务套房，听到阿晋的问题，她咯咯笑着摆了摆手。

“哎呀，你们多虑了。音无会长与夫人的死的确有关。只不过就算由他本人解释杀人方法，你们大概也不会相信，所以他才想让子女们凭自己的能力找到真相，这样你们才能够深信不疑。”

她的保证过于开朗，反而令莉音有些忐忑。

“我们可以相信你吗？”

她的语气中忍不住带了几许责备，岩永却愉快地闭上右眼。

“能够证明会长是凶手的答案是存在的。只要各位去追寻真相，就一定能找到那个答案。”

遗产继承分明牵扯上了过去的杀人案，但是话从岩永口中说出来，那种严肃性顷刻间烟消云散。

阿晋极力克制住自己的惊骇，反问：

“可是，爸爸没有嫌疑吧？”

刚一的真实意图令人难以琢磨，也不知道岩永的话有多少可信度。阿晋或许是想要用稍微强硬的语气来对她施压，让她产生动摇。

然而岩永却像一棵柳树，那些话如微风一般从枝杈间轻轻拂过。

“是吗？比方说在案发当时，音无会长不希望沾上杀人嫌疑的相关人员，亮马先生、薰子小姐、晋先生，甚至耕也先生都有不在场证明，难道不可疑吗？简直像是为了保护大家才故意安排好的。能够做到这件事的人，当时就只有音无会长，不是吗？”

虽然也不是无法反驳她的观点，但阿晋和耕也沉默不语。莉音其实也曾注意到这点，她心中紧张起来——果然不能对这位大小姐疏忽大意。

“为了让各位能够证明会长是凶手，他把案子的详细资料发给你们了吧？居然可以拿到二十三年前的警方搜查资料，将它们整理在一起，不愧是音无会长。”

岩永拜托身后的九郎拿出那些资料，并且接了过来。莉音已经仔细读过那些资料，将内容都记在脑中，但是为了以防万一，还是从包里取了出来。

阿晋和耕也没有动作。阿晋坐在沙发中，耕也则在房间里来回踱步，一会儿随便靠在什么地方，一会儿又坐下来。那些资料，二人应该都已经刻在脑海里了。虽说是二十三年前的事，可他们毕竟是案子的当事人，应该也没有必要更新自己的记忆。

莉音重新整理了一下有关音无澄案件的信息。

案子发生的时间是二十三年前，三月十六日的星期三，晚上七点左右。

当时阿澄五十八岁，身为音无集团的社长，她工作起来非常强悍。不过，每个月都有固定的一天，她会独自去一家私人按摩馆。按摩馆开在僻静的住宅区，与其说是店铺，不如说仅仅是在民宅外挂一块招牌。而且，这间按摩馆只接受熟客预约。仅仅这样就能维持运营，证明店主非常厉害。

阿澄无论何时都把工作摆在第一位，每天都在为了集团扩张而忙碌，基本没有私人性社交。平时她总是神经紧绷，所以肯定浑身都很僵硬。而且，按摩师对自己的技术信心十足，都是自己挑选客人，对阿澄也不会格外照顾，所以，阿澄在那里更容易放松。大概是这个缘故，那里变成阿澄唯一能松一口气的地方。她似乎完全是以私人身份出入那里的。

所以，阿澄不会坐私家车，而是独自搭乘电车，从最近的车站步行过去。由于是社长，她有接送自己的专车和专属司机，不过为了转换心情和私人生活，她故意选择了坐电车。偶尔乘坐一次电车，了解一下民情，作为管理者也很必要。所以，她平时偶尔会出其不意单独行动。

另外，阿澄跟父亲传次郎学过合气道，并考取了段位，所以一点也不害怕独自走夜路。她的腕力实际上非常惊人。由于她在工作上也经常得罪人，所以周围的人常常劝她注意安全，避免单独行动，可是阿澄完全听不进去，反而疏远那些反复进言的人，随心所欲地行动。

晚上七点左右，阿澄从那家按摩馆回家时，在前往最近的地铁站的住宅区的路上，遭到了某个人的袭击。她的胸前被利器刺中两处，并被抢走了现金。

周围有几座民宅，也有很多人在家，但毕竟是仍旧寒冷的三月中旬，又是天色昏暗的晚上七点左右，所以既没有居民外出，也没有人目击到她遇袭的现场。当时监控还没有广泛普及，没能留下凶手的影像。

不过，大概是阿澄刚刚遇袭后，周围的住宅中有好几个居民都听到女性痛苦的尖叫声。

“抢劫！就是那个男人！快来人，抓住那个穿黑色上衣的男人！在车站方向！”

居民们听到这个声音，意识到外面发生了什么，纷纷跑出门口，来到路上，结果发现阿澄的胸前深深插着一把刀，浑身是血地倒在民宅的院墙旁边。小区居民们赶到时，阿澄已经没有生命体征，但身体还有温度，证明凶案应该刚刚发生。阿澄当时发出了那么大声的尖叫，所以，或许就是那几句尖叫让她用尽了最后一丝力气，提前撒手人寰。

大概是因为那不顾一切的尖叫，她的嘴边还残留着血迹。也许她还碰过伤口，在没有拎包的那只手上，同样能看到斑斑血迹。

居民们立刻环顾四周，但只在远一点的地方找到了被扔在那里，敞着口的手提包和皮制钱包，没有发现任何逃跑的可疑人影。钱包中

没有一张钞票，凶手应该只拿走钱就逃走了。阿澄习惯携带巨资出门，

钱包里，这一点也从她身边人口中得到了

亡。心脏附近被长十二厘米的兰博刀刺中

她被刺中之后没多久就断气了。留在被

刀柄上也没有检测出指纹。

案。凶手一开始拿出刀具，威胁她交钱，

出其不意的激烈反抗，于是他头脑一热，

只抢走了现金便逃之夭夭。

亡时间。从当时的情况来判断，居民们

的，警方也掌握到了嫌犯的一些特征。

也会在晚上回家的路上发现她的尸体，

差范围内。

单了，才没有找到更多线索，搜查几乎

能性最大，但是搜查很快就陷入僵局，

伪装成抢劫，蓄意杀害阿澄。于是警方

因为阿澄平日树敌颇多。”

淡开口。

情地抛弃那些否决她、反对她的人。不

处理事务非常得当。然而，从管理角度

来说，这样的个性其实很有可能会被人误会并且怀恨在心。”

岩永无所谓地继续。

“另外，你们的家人和耕也先生也有动机。你们都知道，澄女士每月会在固定的一天去那家按摩馆，所以有可能有计划地埋伏在她回家的路上，伺机袭击她。当然，集团的高层都知道按摩馆的事，只要有意，谁都有可能在那里埋伏。”

岩永的目光落到资料上。

“亮马先生和晋先生因为未来的职业规划跟澄女士有冲突，处于极度压抑和痛苦的状态。薰子小姐和耕也先生的婚姻也遭到母亲的反对，差点被迫分手。当然，耕也先生也有充分的理由认为，澄女士是自己的绊脚石。”

说到这里，岩永抬头望向阿晋和耕也。

“此外，也有很多人因为澄女士的经营方针和独裁手腕，感觉到集团的危机。音无会长也是其中一人，尤其是作为父亲，他也很清楚各位的困境。警察会怀疑他也是理所当然的。”

阿晋苦笑着回答：

“当时，哥哥和我都无数次想过，要是妈妈不在就好了。那时，哥哥在妈妈的命令下，不得不放弃厨师的道路，到集团里工作，所以也明白妈妈的经营方针非常危险。我当然也是的，我们都有充分的杀人动机。”

耕也似乎也被勾起深藏在心底的往昔的耻辱，他一脸无聊地点点头。

“我和薰子的婚事也遭到了强硬反对。当时，因为薰子已经搬进我的公寓，这件事也被她反对了很久。她早已决定，女儿的结婚对象必须是家境优渥，能为集团做出贡献的人。独立意识很强、从底层摸爬滚打上来的我根本就无法进入她的法眼。她甚至放言，要是一个月以内还不分手，她就毁掉我刚起步的公司。但是，只要我同意分手，就能获得她的支持，还能获得一笔分手费。我甚至有杀掉她的念头。”

最后他以一种有些玩笑的方式结束了这番话。

岩永面带微笑。

“但是，因为大家都有不在场证明，所以嫌疑早早就解除了。”

“那可是工作日的晚上七点。那个时间段，只要在认真工作，谁都能有不在场证明。”

阿晋仿佛觉得这一点无关紧要，岩永却不为所动地翻阅着资料。

“音无会长为了新开张的酒店亲自去了外县，晚上七点左右正在与十多个业内人士，以及公司代表开会。亮马先生和晋先生都在集团总公司，距离案发现场开车也要一个小时以上，晚上七点前后有人在公司见过你们。尤其是下午六点半以后，有人看到了您二位打架斗殴的场面，是吗？”

“当时我们都年轻气盛，我才二十几岁，哥哥也刚刚三十出头。尤其是哥哥，二十几岁的时候，他用‘酒店的餐饮也很重要’当借口糊弄妈妈，去知名餐厅学习烹饪，可是后来这一套不再管用，他被迫在总公司工作三年多，压力相当大。我却只能做一些辅助哥哥的工作，为此感到非常焦虑。”

阿晋一副认为岩永在胡乱猜测的神情，抬起一只手打断她的话。

“哥哥心不甘情不愿，我却非常憧憬那份工作，当时恐怕是因为一点口角就打起来了。”

“嗯，二位的关系历来很差，周围很多人好像都知道，不过，在公司里，大庭广众之下起冲突，好像是前所未有的。所以，你们的不在场证明就变得更加有力了。虽然这是偶然，但也太巧了吧。”

阿晋的语气有些严肃，岩永的回应则很淡然，却又充满暗示。阿晋的脸上浮现出一抹犹豫，没有再次反驳她的话。

莉音虽然不太清楚当时的情况，但印象中父亲亮马和阿晋在公司确实曾经拳脚相向。虽然她没觉得有什么不对劲的，他与岩永之间的对话却让她感到一丝异样。

岩永突然将话题转到耕也身上。

“耕也先生在案发的时间段，也忙着去拜访客户，跟客户谈判，没有抽身的空档。据说当时你还没有什么实际业绩，常常要死缠烂打。”

“我当时三十三岁，又没有什么人际关系，会吃闭门羹也是理所当然的，死缠烂打是家常便饭。”

“是的，多亏这样，你的不在场证明非常完美。要是你吃了闭门羹以后，立刻就爽快地离开的话，也未必没有时间去案发现场。而且，你工作起来一向都很拼命。”

对于岩永充满暗示的话语，耕也同样没有动怒，他耸了耸肩膀，仿佛是不愿跟脸上稚气未脱的千金小姐一般见识。

岩永继续指出：

“薰子小姐因为左腿疼痛，一个人留在耕也先生的公寓，不过，那一天她原本约朋友一起出去吃晚餐，所以下午六点半，她本来应该在订好的餐厅。”

对于这句话，耕也亦笑着应声。

“是啊，薰子白天在公寓门口的台阶上摔了个华丽的跟头，当时在旁边的邻居还帮了她一把。她对伤处进行了湿敷，然后就放着没管，可是到了傍晚，腿却肿得更严重了，她只好取消了与朋友的约会。我半夜回到公寓以后，带她去了医院，得知她左腿胫骨骨折，就直接让她住院了。”

“没错，这种突发事件打乱了原本的计划，导致薰子小姐差一点就失去了不在场证明，不过，最后还是有惊无险地避免了嫌疑。由于那条腿的缘故，她基本上不可能袭击并杀害澄女士，被目击到的凶手也是男性，所以她不在怀疑的范围之内。实在是幸运呢。”

要是没有那场事故，薰子也会有充分的不在场证明。这场犯罪确实像是掐准了时机。如果是刚一的话，也许能提前掌握每个人的计划和行动，提前预知。

莉音有一些恼火，毫不顾忌地质问岩永：

“岩永小姐，你到底想说什么？为了向我们证明，爷爷特意挑了大家都有不在场证明的时机杀害奶奶，恶意揣测过头了吧？”

岩永的论点仿佛是在质疑所有人的行为。

“你的那些话听上去好像是在说，除了薰子姑姑以外，每个人都知道爷爷的犯罪计划，并且在那个时间段，刻意制造可以给人留下印象的不在场证明。”

“怎么会呢？善解人意的我可没这么想过呢。”

话音刚落，九郎就从后面扇了一下岩永的脑袋。

“事到如今，你还说什么善解人意。”

“我不是一直都很善解人意的吗？”

“自打这个聚会开始，就跟那几个字无关了。”

九郎冷冷地对挥动手杖抗议的岩永说。九郎的指责非常正确，然而，暴力太不可取了。莉音想要打圆场，但是看到岩永的手杖也打在九郎身上，又觉得这二位是半斤八两。

阿晋和耕也惊得合不拢嘴，莉音也一副被击垮的模样，久久说不出下一句话来。不过，岩永立刻恢复原状，依然像精致的人偶般张开樱桃小口，将话题拉回正轨。

“让各位见笑了，我男朋友太没规矩了。我确实建议你们商量，不过，就算各位再怎么主张自己无欲无求，我也不信你们会立刻如我所愿答应下来。毕竟是巨额遗产，又关系到集团的经营，所以我想你们应该会继续观望吧，而且继承人薰子小姐和亮马先生还都不在。然而，你们却非常爽快地做了决定。”

岩永再次出其不意地向莉音等人掷来恶意。

“你们的表现，简直像是想要在自己的不妥行为被挖掘出来之前息事宁人。这种反应意味着你们有比遗产更担心的事，没错吧？而且，协商解决也违背音无会长的期望，如果你们没有顾虑的话，应该会更加认真地面对。”

她又在过度揣测了。莉音对岩永恶劣的心机非常不爽，但是脑海中又忍不住想起自己刚刚说过的话。

刚一是不是觉得，如今是时候让他们知道真相了？

岩永朝保持沉默的阿晋和耕也探出身子。

“每个人都有不在场证明，这或许是偶然。但是，案发当时，亮马先生、晋先生、耕也先生、音无会长是共犯关系，你们提前制造了不在场证明，由于你们没有告知薰子小姐，所以她的不在场证明险些没能成立。这样解释会不会更有意思？耕也先生丢下薰子小姐来到这里，同样是觉得应该好好善后，是不是？”

莉音感到自己手心都是汗，听父亲亮马的口气，他也认为这桩过去的悬案里存在应当揭开的真相。

即使如此，见到岩永将矛头对准错误的方向，莉音还是忍不住站了出来。

“我对遗产不感兴趣。叔叔他们和爷爷也觉得，遗产不能出现不合理的分配，比起家族内部争夺家产，还是接受你的建议最为妥善。你怎么能以一句‘有意思’来戏弄他们呢？你实在是太没风度了。”

不知为何，岩永身后的九郎对莉音竖起一根大拇指，仿佛在对她说“说得好！”你夸个什么劲呀——莉音的情绪有一瞬的混乱，她缓一口气后继续说道：

“另外，要是包括爷爷在内，有四个人都是共犯的话，这次聚会和题目本身就没有意义了。因为，就算找不出杀人方法，叔叔他们也已经知道爷爷是凶手了。”

她的话音刚落，岩永就一副对莉音的追问毫不介意的样子，在她面前摊开手。

“是的，我不相信大家都是共犯哦。音无会长也否定了这个假设。会长只是说‘犯罪就必须要接受报应’。”

面对毫不动摇的岩永，莉音突然有些站立不稳。

面对这位身材娇小的千金小姐的无礼行为，阿晋和耕也依旧沉默。他们都对应该选择什么样的措辞迟疑不决，不敢轻举妄动。

他们果然有一些不能被揭露的秘密吗？父亲亮马也是因为有秘密才害怕来这里吗？

一片寂静中，连空调的声音都显得有些喧嚣。在莉音的身后，阿晋不知是在自言自语，还是在确认，用一种仿佛是在黑暗的箱子中摸索般的语气嘀咕：

“爸爸是想让我坦白吗？难道这才是目的？”

“谁知道呢，就算只做了杀人准备，也是犯罪哦。”

岩永回答了一句模棱两可的话，坐回椅子里，阿晋却从沙发上起身，走到前面，坦荡地对她道：

“好吧，我承认。二十三年前，我和哥哥一起制订了杀害妈妈的计划。不过，在准备阶段，她被某个家伙杀掉了，所以我们的计划并没有执行。”

听到阿晋的坦白，耕也大惊失色。但是，莉音对于叔叔制订了弑母计划，并没有表现得太震惊。他有动机，甚至被岩永视为祖父的共犯。就算他真的制订了杀人计划，也并不出人意料。

可是，她没有想到亮马居然也是同伙。

“叔叔，你说我爸爸是共犯，可是你们不是已经交恶三十多年了吗？案发当天你们还打了一架！”

岩永竖起一根手指。

“正因为交恶已久，才不会被人怀疑是共犯，哪怕他们是兄弟关系，彼此证词的可信度也会因此而提升。不过，二人的利益从根本上是一致的，所以有联手的空间吧。”

“你果然把一切都看透了。”

阿晋气愤填膺地瞪了岩永一眼。岩永向他点头致意，仿佛在说“哪里哪里”，然后开口：

“案发当日，二位大打出手，甚至引起了周围人的注意。所以，你们有了确凿的不在场证明。可是，如果二位是共犯，只是在假装打架呢？比方说，二位单独走进会议室，在那里发生冲突，周围的人只能从外面听到声音和动静。只要提前录好一人的声音，在合适的时机播放，即使房间里只有一人，只要假装发生了激烈的争执，就能让其他人误以为你们两个都在。在此期间，便能趁机执行杀人计划了。”

阿晋没有否认。

“是的，差不多就是类似的不在场证明。我们也考虑过其他逃避嫌疑的诡计，但工程量都太大了。不过，案发当日的争执和肢体冲突，除了声音以外，其实还被周围的人看到了。我们本来计划在母亲去按摩馆时杀了她的。在此之前所做的那些准备，都是为了铺垫，好让大家觉得，即使我们在公司里发生口角或肢体冲突，也没有什么不自然的，哪怕注意到我们单独在空房间里发生争执，也最好不要去多管闲事。”

说着，阿晋有些难为情地转向莉音。

“请不要误会，我和哥哥的关系真的很差。而且，提出这个计划的就是哥哥。他孤注一掷地说‘照这样下去，我们和集团的未来都会被毁，所以要把妈妈杀掉。你只要协助我制造不在场证明就行了，杀人的事交给我’。”

这件事只要问问当事人就能一清二楚，阿晋应该不会撒这种拙劣的谎，更别提是由讨厌的兄长主导的计划了。莉音只好接受。

“我明白，即使我拒绝，哥哥也会动手。我也痛彻地感受到，因为妈妈的存在，周围的人都陷入了危机。哥哥想要把握自己的未来，解决所有的问题。我承认，要是我退缩的话，恐怕这辈子都比不上哥哥了。所以，我立刻就答应了。”

阿晋坐回沙发里，擦了擦汗。

“哥哥信任我，让我当他的同伙，而且这么依赖我，这也让我的自尊心得到了满足。可是，我不敢说出‘由我动手’，说到底还是输给了哥哥。”

阿晋仿佛要将压在心头的岩石都喷吐出来。

“然后，在我们推动计划，开始部署不在场证明的工作时，妈妈被某个家伙给杀掉了。当时与其说是惊喜，我更多的感受却是愤怒。记得当时我砸着桌子说‘好不容易做好了杀人的觉悟，到底是谁干的？’这种被好运眷顾的结果并不是我们所期望的。”

“你们有没有怀疑过，这事是音无会长做的？”

“我们也不是没有想过，会不会是爸爸察觉到了我们的计划，为了不让我们弄脏手就提前动手了呢？可是，爸爸有不在场证明，也不可能雇凶杀人。不过，我们还是调查了家里的现金、财产甚至是公司的资产流动，确定爸爸没有动用可疑的资金。本来爸爸在家里和公司都很少有自由，基本上不可能雇凶杀人。”

资料上也显示，在警方的搜查中也调查了委托杀人这条线索，但没有发现形迹可疑的人。

“虽说在妈妈死后不久，爸爸开发了一块奇怪的山地有些可疑，但也没有什么特殊利益，集团企业有时候也要做些防止塌方、建设公园这样的项目。不会有人为了这种报酬，接受委托杀害妈妈的。”

“的确没有这样的‘人类’呢。”

不知岩永为何要刻意强调“人类”。阿晋点头继续说道：

“所以，妈妈的死就以抢劫杀人结案了。即使没有抓到凶手，大概就是这样吧。所以爸爸不可能是凶手，但他却提出了这样的题目。那么，他就是想让我和哥哥坦白计划杀人的事，偿还自己的罪孽。”

阿晋的表现如此焦虑不安，原来是罪恶感和过去的秘密所致吗？比起该怎么证明刚一是凶手，更让他烦恼的是自己的秘密是不是被知道了，自己该怎么办。

阿晋叹口气对莉音说道：

“哥哥也察觉到了吧。虽然没能成功，但制订过杀人计划，对他来说也是相当沉重的过去。要是不能接受制裁，获得原谅，总有一天会崩溃。”

莉音的心中也有一些头绪。因为在来到这里之后，她已经无数次在脑海中回忆起送自己出门时的父亲的言行。

“他或许是想借由让莉音参加解题，告诉女儿自己的罪行，作为赎罪的方式。可能是因为他说不出口，所以才希望你能够在这个场合自己发现真相。”

这时，莉音像是突然想通了什么。

“叔叔，您不会是担心害怕共犯关系被发现，二十三年来才一直假装跟爸爸不和吧？”

虽然是杀人未遂的计划，却也必须隐瞒。哪怕只有一点契机，也有可能让事情败露，所以他们才有意识地维持交恶的状态。

阿晋摆了摆手。

“你不要误会，我讨厌哥哥。我那么看重集团的经营，哥哥却满不在乎地放弃了，仅仅选了一项普普通通的工作。可是在集团的时候，他比我的工作能力更强。有能力的哥哥认为毫无价值、弃如敝屣之物，竟然是我渴望得到的东西，我怎么可能原谅他？”

他的心情可以理解。看到自己渴望、重视的东西，被别人不屑一顾地抛弃，就算对方让给他，恐怕也不能认同吧。

“而且，我一直都无法从自卑感中挣脱出来，总是在想‘如果哥哥还在集团，也许早就当社长了’。我怎么可能跟他友好相处呢？”

岩永深有感触地表示同意。

“真是讨厌的人啊。”

“比你好一些。”

阿晋这么回答。不知这是他绝望之下的反抗，还是不再伪装的真心话。莉音也有同感。不知为何，岩永身后的九郎也点了点头。二人的情侣关系其实是编的吧？

接着，阿晋虽然一脸不愉快，但仍旧对岩永道谢。

“可是，我稍微轻松一点了。感谢你准备了可以这样坦白的机会。不对，我应该感谢爸爸才对，你只是个裁定人而已。”

岩永仿佛在说“我一点也不愿意干这种事”般低下头，然后瞳色冷淡地转向立在窗边事不关己似的眺望着外面的耕也。她的右眼是义眼，可是左眼同样看不到任何感情。

“那么，耕也先生和薰子小姐呢？当时，你们没有杀害音无澄女士的计划吗？”

莉音觉得这依然是她任性的妄想，可是耕也的反应却很迟缓。他仿佛在思考似的，沉默了一段时间。岩永在这段时间里，继续说了下去。

“薰子小姐发生骨折的时机也过于凑巧。于是，我怀疑你们是刻意安排的不在场证明——薰子小姐在案发当天的白天，故意在身边有人的情况下摔倒，假装自己的腿剧痛无比，当时她的腿并没有骨折。然后，她在傍晚悄悄地溜出去，杀害了澄女士，并伪装成抢劫杀人案。因为她的腿毫发无损，所以这是有可能的。等她回到公寓以后，再自己把腿弄成骨折。”

莉音听清了岩永的话，她觉得非常过分。竟然怀疑别人做出这种离谱的举动，这位大小姐的人格是多么扭曲啊！

“自己将自己的腿弄骨折，或许需要很大的决心，但也不是做不到吧？而且是女性的腿，只要有那个意思，想骨折还不简单？也许是回家后的耕也先生帮了她的忙。就像我说的这样，其实她只是假装从白天开始就骨折了，让人觉得自己不可能犯罪。”

耕也仍旧望着窗外，笑道：

“亏你能想到这种只是听着就很疼的方法呢。从澄夫人临终时候的尖叫，已经能够知道凶手是男人了。她当时可是说的‘快抓住那个穿黑色上衣的男人！’就算是蒙着面，也不可能将亲生女儿认成男人。”

“临终时的尖叫究竟是不是澄女士发出的呢？听到叫声的附近居民并不知道澄女士的声音吧？要是薰子小姐装成澄女士，为了让他们误以为凶手是男人，故意在尸体旁边发出那声尖叫，让周围的人听到呢？”

大概有这种可能性，不过莉音立刻发现了这种假设的漏洞。

耕也也一边走向岩永，一边轻而易举地提出反对。

“这种伪装工作风险太大了。要是听到声音的居民马上出门，或者打开窗户往声音的方向看呢？薰子的行踪会立刻暴露，逃走的身影也有可能被目击到。岂止如此，还有可能被附近居民抓住。即使她知道在那个时间段不会有人在外面走动，可是附近居民有很多却是事实。正因如此，才会有很多人都听到了澄夫人的叫声。因为在凶手逃走以后，澄夫人才尖叫的，所以居民才没有看到凶手的身影。”

本以为岩永会就此无言以对，谁知她仍旧滔滔不绝。

“倒也是呢。如果计划在住宅区杀人，那么，在用利刃行凶之前或者之后，为了不让周围的人察觉，一般都会把被害人的嘴堵住，不让她发出声音。而且，要是留下自己是凶手的线索，或者被附近居民发现澄女士，并及时救了她的话，那就万事休矣。所以，凶手好歹要在确认对方死亡、自己成功杀人之后，再从被害人身边离开。可以想见，正因为是与澄女士素不相识的人进行的随机、无计划的抢劫杀人，澄女士才有余力在凶手离开现场后发出尖叫。”

岩永自己指出了假设存在的问题，不过她保持着坐姿，望着来到自己面前的耕也，脸上毫无惧色。

“不过，这可是一个千载难逢的机会哦。就像晋先生说的那样，说出真相，或许可以轻松一点。”

耕也沉默。

然后，他撇了一下嘴，沮丧地说道：

“好吧，我坦白。恰恰相反，并不是因为薰子骨折，所以杀人，而是因为她骨折了，所以杀人计划才搁浅了。”

莉音不禁倒抽一口凉气。竟然有这种事？相关人员竟然都在计划谋杀音无澄！

耕也大概早早就在组织语言了，他娓娓道出那段往事。

“我和薰子都曾计划杀掉她。因为如果不这样做，我们两个不只会被逼分手，公司也会倒闭。我们和晋先生他们一样，也是想在她从按摩馆回来的路上动手。我们之所以不谋而合，并不是偶然，因为只有我们才知道她的行动路线和确凿时间，我们只能在那个时机下手。本来计划在那天动手的。”

他们与亮马和阿晋不同，居然决定在案发当日动手。或许是因为阿澄逼他们立刻分手，留给他们的时间已经所剩无几了。

“本打算在骨折的时间上动手脚，就像你说的一样，本来是打算那么做的。不会有人想到，身体娇贵、过着奢侈的大小姐生活的薰子，会自己将腿弄骨折吧。薰子主动提议利用这个盲点。可是谁能想到，薰子这个马大哈，白天从台阶上假装摔倒时，居然真的骨折了。”

耕也忍俊不禁。太有喜剧性了，不过对于当事人而言，或许笑不出来吧。

岩永倒是咯咯地开怀大笑。

“不能让周围的人起疑心，跌倒的时候还要装成‘就算骨折了也不奇怪’的样子，确实挺难的。不小心真的骨折了，倒也有可能呢。”

耕也有些不悦，但没有停下来。

“在傍晚之前，薰子也判断自己的摔伤程度太严重，虽然能走，却跑不动了。所以，她就放弃杀人的念头了。就算能成功埋伏到她，也不可能杀掉她之后逃走，还有可能反而被对方干掉。我得知此事时是在回到公寓以后，在此之前，我一直为了制造不在场证明到处晃悠。”

“当时手机还没有普及，要是试图联络的话，反而更会惹人怀疑。”

“是的，薰子也放弃杀人了，她本来应该马上去医院的，但又不能不跟我说一声就离开家，所以一直等到我回来。当时，我虽然不清楚她的腿是什么情况，但是肿成那样实在不对劲，就立刻带她去医院了。在医院确诊骨折以后，我们听说了那个人的死讯。”

莉音试着想象了一下当时的耕也和薰子的心情，虽然仍觉得极富喜剧氛围，却又发自内心地不想成为当事人。

“薰子也跟我一样愣住了。我们并没有因为问题解决了而感到惊喜，而是互相对视一眼，心想‘开什么玩笑’。到底是何方神圣杀了她？而且，还是在我们因为始料未及的突发事件而放弃计划的当天。这种上天的巧妙安排，让人心里发毛。”

耕也好像也是恐怖胜于惊喜。当时的感情再度复苏，仿佛有一股凉意朝他袭来，他揉了揉自己冰冷的手。

“我也曾怀疑，是不是音无会长替我们动手的。他察觉到我们的计划，抢在我们之前动了手。总之，我们逢凶化吉，将这些疑虑深埋在心底，直到今天。”

耕也俯视着悠然坐在那里的岩永，满怀怨恨地说：

“然后，我们就接到了这道谜题。就算会长是凶手，我也不认为他是单纯的自白。我甚至认为他是在拐弯抹角地让我们坦白过去的罪行。薰子也一直战战兢兢的，所以，只好由我过来参加聚会了。我一直提心吊胆，心里七上八下。”

莉音完全没有察觉到，耕也竟然有这么大的危机感。可是，她再次刷新了对这位没有血缘关系的姑父的敬意，暗中感叹，经过重重磨炼的成年人果然不一样啊。

耕也垂眉敛目，对阿晋有些抱歉。

“但是，我完全没有想到，连亮马先生和晋先生都制订了杀掉她的计划。说句自私的话，听到这件事以后，我轻松了不少。薰子或许也能平静一些吧。或许会长觉得自己余生不多了，所以想要将过去的账算清楚，顺便让我们的罪孽一起大白于天下吧。他想让我们从沉重的精神负担中解脱出来。”

对于耕也的自曝，阿晋还是有些不知所措。毕竟连自己的亲姐姐都曾企图杀人，想要完全理解和消化，或许并不是一件易事。阿晋也曾有这样的企图，所以不能怪罪他们。毕竟与犯罪行为有关，他也不能昧着良心增加对他们的同伴意识。不过，由于他们的所作所为是一样的，所以，他或许有一种“不必在他们面前抬不起头来”的感觉吧。

阿晋带着深深的倦意对岩永道：

“如何？岩永小姐。继承人的罪行都按照你的期望公之于众了，这出闹剧可以就此结束了吗？”

岩永与阿晋形成了鲜明的对照，她无比开朗可爱，爽朗地拍了拍手。

“没有结束。无论当时各位做了什么，我都无意向你们问罪以及聆听你们的忏悔。案子早就已经过了追诉期，而且这并不是最根本的问题。”

她简直旁若无人。面对张口结舌的莉音等人，岩永一脸无所谓。

“音无会长是如何杀害音无澄女士的，归根结底，这才是我想要的答案。各位的罪行微不足道。”

她逼问在场的众人，让他们坦白罪行，最后却告诉他们还没有结束。谁能想到，情况居然没有任何变化。

“那你逼我们承认杀人计划是什么意思？”

阿晋站起来，发出激动的声音。大集团的常务董事毫不掩饰愤怒，大多数人恐怕都会被吓得浑身哆嗦、缩紧脖子吧。

可是，岩永却泰然自若地跷起二郎腿。她安装义肢的那条腿非常灵活，完全让人感觉不到是义肢。

“晋先生和耕也先生来到这里，一直在绞尽脑汁地思考如何隐瞒或者辩解自己的罪行，肯定没有认真准备解答吧？莉音小姐或许是思考后过来的，不过，在这种隐瞒信息的氛围中，做不到集中精力思考吧？所以，我才必须要把事情理顺之后再进入正题。”

她身后的九郎没有任何行动，也没有被阿晋吓到。看他的样子似乎是早就习以为常了。不过，他的脸上也有几分对岩永的无奈。

“我既然承担了判定的任务，就必须完成工作。因为一个人的死亡，一切都顺利起来，音无会长想要纠正过去。成功经历有时会害了一个人，让人自取灭亡。所以，必须纠正过去。”

岩永挥动了一下手杖，轻快地宣布：

“那么，音无会长是如何杀掉夫人的呢？答案就在那里，请各位好好地想一想吧。”

此时，才刚刚过了下午三点。

第五章

沉睡的谜案（后篇）

在阿晋、耕也、莉音离开以后，商务套房突然显得格外空旷。三人大概都想转换一下心情，先后离开房间，看样子暂时没有回来的打算。

岩永琴子伸了个懒腰，然后用手杖敲了敲肩膀——总之，计划进行得还算顺利。每个人都如愿给了她期望中的反应，到目前为止，一切都在掌控之中。

九郎在空荡荡的起居室里踱着步，将椅子和桌子归位。

“音无会长当时知道他们都制订了杀人计划吗？”

岩永摇了摇头。

“不知道。他们是在我掌握的独家信息与推测的压力下动摇的，随之才被我顺利地撬开嘴。会长怎么可能会知道这些事。”

岩永没有提前将详细计划告诉九郎。因为这次必须对相关人员进行思维诱导，所以，她担心要是让九郎提前掌握情况，相关人员的行为或思考会因为他的态度产生变化。她并非不信任九郎，而是想尽量减少变数，所以就只告诉了他大致的方向。

“根本没有必要刻意公开吧。音无会长明天知情后，也会很震惊吧？因为你挖掘出了这道谜题背后，令人意想不到的内容。”

“既然出了奇怪的题，发生奇怪的事也不足为奇。好吧，我今天之内就告诉他好了。还有，刚刚我也说过，要是不公开的话，大家的注意力就都会集中在奇怪的思考上，只有这么做，才更容易引导他们找到我准备好的‘合理的伪解答’。”

“你不打算等他们做出自己的解答吗？”

九郎似乎并不赞成从一开始就诱导他们，不过，如果真要等他们自己找到答案，不知道会等到猴年马月。九郎他们也有自己的行程安排。

“因为这样最轻松啦。诱导他们联想到我准备好的解答，就像钥匙已经插在大门上了。只要再暗示一下被害者的人品和当时的状况，就可以万无一失。不过，就算不做暗示，他们也能注意到吧。”

这种流程倒是不错，可是能这么顺利吗？

“最有希望的是莉音小姐。她不是案件的当事人，与被害人也没有直接接触，或许，今晚她就会找到我期望的答案。”

莉音离开商务套房，坐在酒店附近的花园长椅上，正在用手机给父亲亮马汇报情况。

尽管岩永琴子说“答案就在那里”，他们也不可能当场表态“那么，我们就将音无会长当作凶手，从头开始商量吧”。阿晋一副莫名其妙的神情挠了挠头，留下一句“我出去一会儿”，便离开了房间。耕也从口袋里取出电话，“我得给薰子打个电话，起码要把情况告诉她。”说完，他也离开了房间。如果不暂时离开房间的话，他们说不定会精神崩溃。

莉音也不想独自面对岩永，于是撂下一句“我也出去吸一下新鲜空气”，匆匆离开套房。随后，她在邮件中简明扼要地将目前为止的情况发送给亮马，等待他的回复。她不觉得阿晋在说谎，不过还是想跟亮马确认一下。

亮马打来电话时，刚好下午五点多。莉音坐在花园的长椅上，一边喝瓶装茶，一边抬头仰望还很明亮的天空。当时，亮马的餐厅结束了白天的营业，挂出“歇业中”的牌子，夜间营业的准备工作也已经告一段落。

“我早已做好心理准备，要将自己和阿晋的罪行公之于众了，万万没想到事情还没有结束，薰子和耕也先生太让我意外了。”

亮马事不关己般说道。或许他不知该流露出什么样的感情，所以只能这么说吧。

“什么意不意外啊？要是知道会变成这样，爸爸亲自过来不就好了？虽然证明爷爷是杀人犯也很奇怪，可是得知爸爸、叔叔，还有姑姑竟然都制订过杀害奶奶的计划，我觉得这个暑假实在太过沉重。”

不过，由于不怎么了解祖母，又是二十三年前的事，莉音并没有觉得伤感。而且在岩永琴子的面前，越是深入了解，就越是显得自己愚蠢。

电话的那头传来亮马的叹息。

“抱歉。我也很迷惘，我也曾想过将这件事带到坟墓里，但是又觉得如果被你和爸爸知道的话，自己还能轻松一点。所以，我很希望能够被你发现，或者被爸爸揭发，唯独不想主动开口。”

“好吧，我明白了。晋叔叔也被岩永琴子逼着坦白了，他也相当抗拒吧。我理解您的心情，也没有生气的意思。”

具备匠人气质的父亲一向讨厌折腰，他认为退让就是丢脸，看到这样的父亲也有软弱的地方，她反而松了口气。要是他对自己曾经计划杀人的过去毫无悔意，恐怕才不配做人。

亮马似乎有些介意女儿的反应。

“知道爸爸曾打算杀掉奶奶，你的反应相当平淡啊。”

她的声音听起来似乎过于通情达理。以亮马的立场，他大概觉得女儿对父亲的过去完全没有厌恶和动摇，是一件很难接受的事。

莉音还对亮马说过这样的话：“我还是想象不到奶奶到底是什么样的人，所以才不能感同身受吧。听说她是个很厉害的人，我也知道音无集团能够扩大到如今的规模，她有很大的功劳。我还听说过‘她容不下反对她的人，想要支配爸爸他们的未来，完全听不进身边人的声音，是个独裁者’这样的评价。她甚至被很多人视为眼中钉，连儿子、女儿和丈夫都企图杀掉她，证明她是个问题很严重的人。”

如果有可能，她也不希望自己的身边出现这样的人。

“可是，不知道为什么，在听爸爸、晋叔叔、耕也姑父，甚至爷爷谈论奶奶时，我却感受不到一丝一毫的恨意，你们都没有流露出恨不得杀掉她的负面感情。所以，我对过去发生的事没有什么真实感。”

因此，即使知道了他们曾相继制订杀人计划，听说这些事的时候，仍然像是在听一个虚构的故事。

“是啊。当时我相当恨她、怨她。只要她还活着，我就不能走我想走的路。而且，音无集团也会垮掉。她是一个不会考虑孩子的意志和幸福，也不顾集团未来的暴君，是个既没有判断力，也从不约束自己行为的自私的母亲。对于她的评价，我们三个人都很一致。”

听到莉音的观点，亮马试图向她表达自己的杀意。

“可是，她死后很久我才明白一件事，阿晋、薰子和耕也先生应该也明白了。她既不是不听别人意见的暴君，也没有不顾我们的幸福。她也是牺牲品。她只是在处理已经决定好的事和她被命令做的事。她只是相信那是最好的安排罢了。”

听了这些解释，莉音依然完全无法理解。这些话完全不是用来形容一个“大集团的独裁管理者”“将集团发展壮大的大功臣”“站在最顶端的人”的吧？不是应该恰恰相反吗？正因为她不听任何人的意见，才是独裁者，不是吗？

“命令？被谁命令？”

“她的父亲，传次郎。”

亮马的声音里掺杂着一丝怨恨，而这种情绪是他谈论阿澄时所完全没有的。

传次郎，对于莉音而言是曾祖父。关于这个人莉音毫无记忆，她甚至没有见过他的照片。他创立的公司是如今集团的前身，然而，莉音却感觉不到他有那么大的影响力。

亮马没有理会还在措辞的莉音，在电话那头继续说下去。

“让音无集团发展壮大的是妈妈——音无澄。可是，对她发号施令的却是传次郎。他在生前就制订了详细的计划和方针，并托付给了女儿。音无澄不过是按照他的意思在往前推进。当然，计划能够实现，离不开她的才干和努力，但绘制蓝图的却是传次郎。”

“可是，继承人服从前任的方针，不是很正常的事吗？”

“倘若那种方针太过激进，就另当别论了。她和爸爸——也就是你爷爷刚一的婚姻，也是传次郎决定的，她只是服从了父亲的命令罢了。听说他们两人之间不仅没有恋爱关系，也没有相亲的过程。只不过是传次郎看中了爸爸，认为爸爸将来会派上用场，就不顾妈妈的意见，专断地决定让他当自己的女婿了。”

“实在是太粗暴了。”

“自古以来，婚姻就是由父母决定的，也有些时代从小就给孩子定娃娃亲，这并不是什么稀罕事。虽然是老思想了，但也不能说它有错。只是，仅此一点，你就能明白，她并非任性独裁，而是服从了传次郎的命令。”

按照现代价值观来说，这种做法极为粗暴，但自由恋爱是近年才变得理所当然的。如今这个社会，重视阶级的价值观也仍旧盛行。阿澄也置身于规则之内。父亲说的话让莉音对祖母的印象有了大幅修正。

“集团需要多少个孩子，如何让孩子们继承集团，就连该选什么样的结婚对象，妈妈也都按照传次郎的意思做出决断。传次郎的集团战略、期望的方向，已经具体到了这种程度。所以，我作为长子必须继承集团，阿晋要一直辅佐我，薰子要跟家世良好的男人结婚，必须跟耕也先生分手。她觉得对于我们而言是最幸福的决定，也都是为了集团的未来。”

亮马谈论阿澄的语调，显然转换成了同情。

“说来也挺可怕的。她活着的时候，这些决定全部都很顺利。集团按照传次郎过世之前绘制的蓝图，通过扩张路线顺利地往前迈进。传次郎选择的丈夫非常优秀，作为阿澄的左膀右臂，工作能力无可挑剔。如今，这个人还在担任集团的会长，踏实与能干在财政界，恐怕无人不佩服。我、阿晋和薰子也被培养为能让她满意的孩子。我和阿晋的工作能力都很强，薰子作为大家闺秀，也可以说秀外慧中，无论放在哪里都不会丢脸。”

不仅如此，在莉音眼中，父亲、叔叔和姑姑都容貌出众。这更加令人感觉到，她的决定无比正确。

“那个人，那个名为音无澄的人，从小就听从传次郎的指示，始终一帆风顺。她铲除、击溃那些反对她和反抗她的人，事情就变得更加顺利。批判的声音就只是丧家之犬的哀号。她从未尝过失败的滋味。半个多世纪以来都听从传次郎的指示，并且从未经历过失败的人，能够轻易离开他的掌控吗？她能够按照自己的意志判断传次郎的命令正误，并且违背他的命令吗？更何况，他并没有出现过明确的失败与错误。”

莉音渐渐也开始明白，为什么亮马会说阿澄是牺牲品。

“那需要鼓起莫大的勇气。就算在她的面前提出了失败或错误，她或许也不会相信。因为一旦相信了，就有可能将自己迄今为止的价值观全盘否定。”

“是啊。她是一个被传次郎操控的人偶。她很聪明，也有出类拔萃的经商才干，管理的手腕也是一流的。所以，她或许注意到了集团的扩张路线处于岌岌可危的阶段，也明白孩子们各自有独立的意志，幸福的形式也并不千篇一律。可是，一旦承认这些，转换方针，就是对传次郎的反抗，就意味着舍弃迄今为止的成功法则。”

话题越来越令人窒息了，没想到成功法则竟然会扼住人的咽喉。

“所以，母亲没能舍弃。就算向她讲道理，告诉她会就此毁灭，她也无法做出那种可怕的、无法确保成功的选择。”

亮马的声音里只剩下对阿澄的怜悯。过去一直作为支配者而存在的阿澄，在莉音的脑海中，也变成了被过去的成功束缚、被推着往前走的形象。

“因为她不断获得成功，所以才停不下来吗？”

莉音喃喃自语了一句，突然顿了顿——最近她好像听说过类似的说法。

亮马没有附和莉音的自语，用哀痛的语气断定：

“所以，那个人……妈妈死得正是时候。因为她在那时死了，所以不必看到集团破产、儿女陷入不幸等她亲手造成的局面。我不知道她的一生到底有多幸福。不过，她避免了直面被自己一直以来深信不疑的东西彻底背叛的局面。这可以说是一种幸运吗？”

说到这里，亮马大概觉得像是自我辩解，立刻补充说道：

“我说这些，不是想为自己曾经试图杀掉她而开脱，也不是要粉饰自己的行为，以为是在拯救她。我的计划只是为了我自己的将来。”

这很像爸爸的风格。犯罪就是犯罪，不可能转移责任，他应该是在这种良心的煎熬下痛苦地活到今天的。

“可是，一个人是不可能执行计划的，没想到您会找晋叔叔帮忙。”

她觉得这不像爸爸会做的事，但亮马含糊其词地回答：

“我一旦钻到某件事里，就顾不上别的。那家伙一直以来都很冷静，也有大局观。计划是否有遗漏、成功概率会不会太低——最值得信任的就是他的那双眼睛。也就是说，我并不适合管理集团。如果让我继承集团的话，集团肯定还是会遇到大麻烦。”

“这些话您直接告诉晋叔叔多好，他好像在爸爸面前很自卑。”

阿晋或许只会觉得，这是哥哥的谦虚或体贴吧。

“叔叔、姑姑和爸爸之所以能够反抗奶奶的支配，会不会就是因为这点呢？因为大家在奶奶为自己决定的位置上，无法获得‘表现得很好’的成就感，所以，‘想走出一条自己的路’的意志才能取得胜利。”

“也许吧。如果服从她的命令，亲身体验到成功的滋味，或许我们也会成为传次郎的提线木偶。”

亮马再次发出叹息。说不定是刚一尊重儿女们的独立意志，暗中干预，削弱了阿澄的影响。没有品尝到成功，反而拯救了亮马等人。

这时，莉音突然灵光一闪，想起了那句说明阿澄当时情况的话，那句话来自岩永琴子。

“我想起来了。她说‘成功经历有时会害了一个人，让人自取灭亡’。”

莉音不由得说出声来。听到这句话，亮马惊愕之余，也表示同意。

“是啊，这个总结挺合适的。”

莉音几乎没有听到亮马的声音。

这是偶然吗？岩永刚刚说过的话，竟然这么准确地触及了事件核心。莫非她对整个事件已经掌握到这种程度了吗？

莉音的头脑飞速转动。那位娇小的千金小姐，会不会一直在给他们提示？

全员都有不在场证明，全员都制订了杀人计划，如果是预谋杀人，就不会让被害人发出叫声——这些都是与案件矛盾，也是帮助他们各自洗清嫌疑的重要因素。因此，即使刚一说自己就是凶手，每个人都只有满腹狐疑，无法将这告白当成认真的。

可是，倘若假设成立呢？倘若这些因素就是线索呢？

“爸爸，刚刚你是不是说过，奶奶死得正是时候？”

“我确实说过，怎么了？”

亮马大概是察觉到莉音的语气有了明显变化，于是这般反问。

莉音还无法抓住刚刚从脑海中闪过的那束灵光。不过，她还是开口了。

“我也许知道事件的真相了。”

下午七点半多的时候，莉音、阿晋和耕也再次回到商务套房。

与亮马结束通话后，莉音绞尽脑汁地思考自己的假设完不完整，有没有漏洞。她在花园的长椅上坐了一个多小时，直到天色逐渐昏暗。在离开那里之后，她也一直在思考。最终，她决定联系叔叔他们集合。

在套房里，阿晋、耕也、岩永分别坐在椅子或沙发上。九郎依然像卫兵一样立在岩永身后。莉音没有落座，而是背对窗户，站在那里。她在所有人的注视下，打算发表她找到的真相。

她感觉自己仿佛是剧情进行到高潮时的主人公，就像律政电影中的律师或者侦探电影中的侦探。可她一点也没有兴奋感。她感觉剧情是在岩永琴子的诱导下推进到这里的。

阿晋和耕也似乎都在替莉音担心。岩永的身体陷在椅子里，脸上挂着一抹微笑，仿佛要观摩莉音到底有什么本事。九郎的态度则很难把握，总觉得他好像有些心不在焉。

“我想我知道二十三年前奶奶遇害的真相了——奶奶是自杀的。所以，包括爷爷在内，大家都有不在场的证明。”

莉音不疾不徐地从结论说起。阿晋和耕也都一副不明就里的表情，岩永和九郎则完全不为所动。

阿晋首先开口：

“莉音，妈妈这个人是不可能自杀的！当时她事业一帆风顺，还随心所欲地支配着身边的人！她根本没有自杀的动机！”

“可是，当时的经营已经有停滞不前的迹象，也能预估到集团面临破产的危机吧？所以大家才会制订杀害奶奶的计划，不是吗？而且，晋叔叔和耕也姑父也很清楚，你们被奶奶逼到绝境，那时已经无能为力了吧？”

莉音道出与亮马交流后得知的实际情况。听到这里，耕也似乎理解了她的意思，阿晋也发出沉重的叹息。

“你们如今也上了年纪，对当时的情况也有了不同的看法。所以，你们已经不再憎恨和埋怨了。你们知道，你们的母亲也是牺牲品。”

由于岩永没有让她详细说明，莉音就继续说下去。

“奶奶有充分的自杀动机。她是非常优秀的管理者，肯定明白，只要继续服从传次郎的命令，集团一定会破产。可是，集团的破产是对传次郎的背叛，必须想方设法避免。可是，不服从命令同样是对传次郎的背叛。正因为她过去一直服从他的命令，不断取得成功，精神上才无法做到这一点。”

莉音的话主要是对阿晋和耕也说的。

“解决这种自相矛盾的方式，就是自杀。这是奶奶保护音无集团、克服背叛父亲的恐惧的唯一手段。”

二人沉默了片刻，大概是在品味这番话。然而，阿晋半信半疑地摇了摇头。

“可是，妈妈竟然会自杀，太难以置信了。当时我确实觉得，只要妈妈死了问题就能全部解决，事实上一切也都顺利起来了。要是妈妈本人也有觉察，倒也不是没有可能。可是，她连死的勇气都有，怎么会没有勇气违背传次郎的命令？你不觉得后者更简单吗？”

为了让他们同意自己的观点，莉音斟酌着措辞。岩永不失时机地添加补充说明。

“人被逼到绝境，经常会走极端哦。因为工作或人际关系的压力而自杀的案例数不胜数，这种事你们难道没听说过吗？周围的人也许会马后炮地说‘只要辞职不就得了？’‘只要不再维持人际关系不就得了？’可是对于当事人而言，却会受制于责任感，以及对后果的恐惧而无法做到。所以，在他们眼中，可以逃避责任、不必在乎后果的自杀就会变得非常有吸引力。如果有可以分担责任、商量的人，结果就另当别论了，可是澄女士没有这样的对象吧？”

听到她的这个问题，阿晋也只能表示同意。

“妈妈是个独裁者。她会开除反对她的人，也从来不听取别人的忠告。她总是想要尽量独自承担一切。她能够依靠的传次郎也早已不在了。”

莉音也点了点头。

“在那个时候死掉，对于奶奶而言或许再好不过。爸爸也说‘妈妈死得正是时候，这可以说是一种幸运’。如此一来，对她而言，自杀就是很好的选择。”

如果她在那时把遗书也准备好，表现得更像自杀的话，也许更容易让人理解，可是她不能那么做。

“只是，奶奶不能轻易自杀。她是大集团的社长。像她这种身份的人自杀，就是集团的丑闻，也会影响集团的形象。外界或许会认为，她是有不能见光的丑闻或者负债，才会痛苦自杀。仅仅是谣言，就足以给经营带来沉重打击。想要保护集团的奶奶不可能容忍这一点。所以，她绝对不能让周围的人知道是自杀。”

“你的意思是说，她故意将自杀伪装成他杀？伪装成抢劫杀人？”

阿晋大概已经接受了这个结论，只要他将手中的信息结合起来，或许就能找到与莉音所描绘的构想相同的结论。不过，听他的语气，似乎还无法在心理上转过弯来。

莉音继续陈述自己的想法。

“她是独自一人从按摩馆回家的，住宅区的夜路通常也没什么人。在这种情况下，就算遇到劫匪抢劫，也没有什么不自然的。于是，奶奶瞅准四下无人、远方也没人走来的时机，实施了自己的计划。”

她的脑海中浮现出在寒意瑟瑟的三月中旬，制造他杀假象的祖母的身影。

“为了制造劫匪夺走她的手提包，并且从钱包中取出钞票逃走的假象，她提前把钞票从钱包里取出并处理掉，将空钱包和敞着口的手提包丢到远一点的地方，然后握住偷偷携带的兰博刀。”

“刀柄上不是没有留下指纹吗？”

耕也向她提问。阿澄没有戴手套，如果直接握住会留下指纹，刺完自己之后，她估计没有擦拭指纹的时间和力气。不过，这并不需要特殊的工具和方法。那个季节就算戴手套也并不奇怪，可是，不戴手套应该更能隐藏自杀的意图。

“她只要将上衣的下摆拉起来，覆盖住刀柄再去握刀，就不会留下指纹了。只要这样捅进自己的胸口，把手撒开，上衣的下摆就会从刀上离开，这种方法也不会留下痕迹。”

莉音将商务套房中备用的圆珠笔拿起来，用自己身上的T恤的一部分覆上部分笔杆，她一撒手，衣摆就从笔杆上离开了。由于刀直接插在阿澄的胸口，只要她没有立刻保持那个姿势倒下去，衣摆就会从刀柄上“哧溜”滑下去。

“而且，奶奶为了给人留下他杀的印象，临终前还故意发出尖叫。‘抢劫！就是那个男人！快来人，抓住那个穿黑色上衣的男人！在车站方向！’这样一来，就更加没有人怀疑她是自杀。”

这很像毫不留情地对待反抗者的祖母作风，这几声尖叫能让人感受到她“哪怕身负致命伤，也不允许凶手逃跑”的强烈意志。正因如此，才让人很难相信她在伪装。这句临终的遗言，或许是隐瞒真相的最强有力的假线索。

“就这样，奶奶的目的基本达成。不过，既然伪装成他杀，警察就一定会来调查。如果集团的相关人员因此蒙上巨大嫌疑，还是会导致企业的形象下跌。要是丈夫或儿女们被当成嫌疑犯，影响就更加不可估量了。因此，奶奶特意挑了一个相关人员不会蒙上嫌疑、所有人都有不在场证明的时间自杀。”

如果说刚一考虑到了所有人，决定在所有人都有不在场证明的时间段作案，那么，阿澄出于同样的考虑做了同样的事，便也不足为奇。

阿晋和耕也都露出一副思考莉音的假设是否妥当的神情。

“这确实说得通。可是，如果妈妈是自杀的话，爸爸为什么会说自己是凶手呢？”

阿晋从原点上发现了矛盾。倘若真是这样，就不存在赎罪的说法，刚一也不会出这道古怪的题了。

“是不是爷爷巧妙、步步为营地诱导了奶奶自杀呢？他故意不动声色地让她看到一些材料，让她认为自杀是最好的解决办法，接着又告诉了她某件事——他确信那件事会成为促使她决定自杀的致命一击。”

莉音的这番想象究竟说对了多少，他们不得而知。刚一为了不弄脏自己的手达成目的，可以心思缜密地筹划到这种地步吗？他们不愿寻根究底。有没有可能是刚一在无意识的情况下，给了阿澄致命一击，促使她做出了自杀的决定呢？

耕也愕然失色。

“是吗？儿女们全部制订了谋杀自己的计划，竟会成为她决意自杀的致命一击吗？”

听到这句指责，阿晋将后槽牙咬得咯咯作响。从此刻起，每个人各自进行的计划，逐渐有了重大的意义。

“除了预感到自己是致使集团走向毁灭的原因以外，倘若她还意识到，自己坚信是为了儿女们的幸福所做的一切，竟然全部起了反效果，或许会毫不犹豫地选择自杀吧。无论如何，儿女们都盼着她去死。如果爷爷故意让她发现这件事的话，那么爷爷也可以说就是杀害奶奶的凶手。”

房间里开着冷气，莉音的身上却出了一层冷汗，她拭去额上的汗珠。也许她不该揭发此事，可是她没有退路。

阿晋喃喃自语：

“换句话说，我、哥哥、薰子姐还有耕也先生，都是杀害妈妈的帮凶吗？”

也可以这么理解。也许直接从背后推了阿澄一把的是刚一，可是使用的素材却出自亮马、薰子、阿晋和耕也。

这时，岩永却微笑着否认了这一见解。

“是吗？各位当时应该是极为慎重和秘密地制订谋杀计划的。就算是会长，能不能注意到也不好说吧？也许他只是为了逼澄女士自杀，故意制造伪证并且让她看到，让她误以为儿女们制订了杀害她的计划，这份谎言只是偶然与真相一致。这样想才更加自然吧？”

被她这么一说，也不是没有道理。只是，就算偶然，预谋杀人却是不争的事实，所以，犯罪就是犯罪。

阿晋讪诮地对岩永道：

“你可真优秀啊。可是，我们也有责任。不能让爸爸一个人承担。”

阿晋似乎已经从心底认可莉音的假设。

岩永像是表达敬意似的低了低头，然后望向莉音。

莉音接收到她的眼神，继而开口：

“这是不是真相，我并没有证据。奶奶为了不留下证据，也很小心谨慎。而且，也很难认为她对人世还有留恋，悄悄留下了遗书。要是有能够留下遗书的对象的话，她或许就会跟那个人商量，寻求对方的支持了。因为没有那样的对象，奶奶才会走投无路选择自杀。”

也就是说，这仍旧没有脱离假设的范畴。可是，刚一的言行似乎可以当作佐证。

“正如岩永小姐所言，就算爷爷亲口说出真相，大家也不会轻易相信。除非相信爷爷是凶手，并且知道大家都曾经计划过谋杀奶奶，甚至还能客观地审视当时奶奶的处境，否则，这些内容就很难取信于人。”

莉音走到岩永身边，低头望着她那小小的身躯。

“你是不是接到爷爷的委托，一直在诱导我们找到这个真相？”

“音无会长认为有这个必要。”

岩永淡淡地回答。不过，也可以理解为她默认了这个说法。她虽然是个非常惹人厌的大小姐，莉音却深刻地感觉到，自己是远远无法与她抗衡的。

岩永不理会面前的莉音，问阿晋和耕也：

“二位赞成莉音小姐的话吗？如果赞成的话，我会把这个作为最终答案，明天中午转达给音无会长。”

阿晋和耕也尽管都一脸疲惫，却强行打起精神回答：

“没有比这更好的答案了吧？”

“我也这么觉得。”

岩永微微一笑，接着问包括莉音在内的所有人。

“那么，遗产继承的优先权怎么分配呢？给出答案的是莉音小姐，不过，贡献度就按照一开始沟通的那样，以耕也先生、阿晋先生、莉音小姐的顺序来安排，可以吗？”

商量时是这样安排的，不过，岩永当时的提议只是权宜之计，真的有遵守的必要吗？

阿晋没好气地说道：

“我这种试图杀害母亲的人，事到如今还有什么颜面提出优先继承遗产？”

“薰子也一样吧。要是她能厚着脸皮说出‘给我优先权’这种话，就不会怕得不来了。”

耕也虽然依旧维持着绅士风度，但同样烦躁地回复岩永。莉音也同意两个人的意见。

“优先权什么的，如今还有必要吗？让爷爷随便分配得了。”

岩永满意地甩了甩头发。

“那么，就让会长这么办吧。莉音小姐，明天你是亲自将这个解答告诉会长，还是我帮你转达呢？”

虽然让她转达比较省事，莉音还是拒绝了。

“我自己去说。要是交给你的话，感觉你会恶意地转述一通。”

她原本无意挖苦岩永，可是真心话一出口，就变成这样了。

岩永非但不以为忤，反而欣赏地看着莉音。

“‘莉音[*]’真是好听的名字啊。像是‘松鼠’和‘狮子’的结合，很像你的风格，可爱而又勇敢。”

现在还说这些俏皮话，岩永大概是在用自己的方式试图缓和气氛吧。

莉音很感谢岩永的一番好意，却否定了她的分析。

“为什么要做奇怪的解释？我名字只不过是直接用罗马音[**]来念狮子的英文‘LION’而已。”

按照父亲的说法，她的名字就是这样取的。这位千金小姐的脑回路到底是怎么回事？居然会联想到是松鼠和狮子的合体。另外，由于莉音觉得自己跟松鼠无关，这句话听起来就像在说自己是个毫不可爱、浑身上下只有胆量尚可的女性，她一点都不觉得有趣。

阿晋苦笑着插嘴：

---

* 日文中的“莉音”正好是松鼠的第一个假名和狮子的后两个假名的结合。

** 罗马音为日文的读音注释，类似于英文的音标。

“因为哥哥从以前就很喜欢狮子啊。要是生了男孩，就要取名为‘莱奥’呢。”

虽然没有听说过这件事，但是非常有可能。

耕也从旁插科打诨：

“亮马先生真是对他了如指掌啊。你们弟兄不如趁此机会和好，怎么样？”

阿晋的脸微微僵了一下，不过也不得不承认这是个不错的忠告，他无奈地吐出一口气，投降认输。

“我考虑一下好了。在此之前，我想先去给妈妈扫墓。我已经不怨恨她了，而且从很早以前开始，我就知道妈妈也是牺牲品。虽然我从来没有懈怠过扫墓，可我也从来没有承认过，妈妈也在按照她的想法守护着一切。我由衷地想去悼念一下她。”

耕也亦赞同地点了点头。

“我也得赶紧把这件事告诉薰子。不过，还是明天跟会长确认以后再说吧。”

他自言自语道。莉音也得把在岩永的引导下找到的答案告诉父亲亮马，不过她的想法也跟耕也一致，还是等明天听完刚一的评价后再说吧。

岩永的脸上浮现出一抹神秘的微笑，她审视地望着莉音等人，带着些紧张的气息，静静地坐在那里。

第二天，也就是九月四日，星期天上午。莉音在商务套房里，将昨天提出的音无澄的死因陈述了一遍。

莉音站在距离刚一所坐椅子稍远的地方，尽量克制自己的感情，道出自己的结论——刚一利用儿女们的杀人计划，诱导阿澄走向自杀。

“这就是我们的答案。爷爷，您满意吗？”

刚一倾听莉音的答案期间，一直闭着眼睛，对于内容毫无反应，耕也和阿晋也始终神色紧张。在这个场合，只有岩永和九郎一派轻松。岩永莫非昨晚已经把内容转达给刚一了？

刚一睁开眼睛，如释重负般叹一口气。

“我应该早些安排这样的机会。亮马、阿晋、薰子和耕也君，都怪我，迄今为止让你们怀有这么深的罪恶感。”

莉音屏住气息等待祖父的话。

刚一点了点头。

“答案是正确的。可是，我并不知道你们曾制订过杀害阿澄的计划，这只是偶然。”

听到这句话，不仅莉音和阿晋，连耕也都不由得望向神采奕奕的岩永。岩永早已看透，并在昨天揭露出来，竟然连刚一都不知道吗？

刚一露出慈祥的微笑。

“不过，幸好我在你们之前，执行了杀害阿澄的计划。我无论如何都不希望你们背上谋杀亲生母亲的罪名。”

阿晋摇了摇头。

“话虽如此，我、哥哥、薰子姐还有耕也先生，都有罪。尽管已经无法接受法律的制裁，也没有证据。妈妈应该也不会恨爸爸吧。当年大家都无计可施了。不过，我们也不能因此就不去赎罪。”

“任何人都有想要杀掉某个人的时候，甚至有时候已经握住凶器了吧。可是，有没有越过最后那道线，结果会是天壤之别。对阿澄犯的罪，由我来承担。你们只要亲眼见证我的死状就可以了。”

刚一告诫完自己的二儿子，满意地宣布：

“我一直瞒着你们，其实，我早就得了恶性肿瘤。根据医生的诊断，再有半年左右我将无法站立，与此同时，我会被剧痛折磨，凄惨地死去。”

阿晋和耕也听到这一宣告，顿时无比慌乱。莉音却似乎已经有预感，她紧抿双唇，克制自己的情绪。或许他们该早一点意识到，他是因为知晓了自己确切的死期，才会试图举行清算自己罪孽的仪式。

刚一为了安抚阿晋和耕也，向前伸出一只手，随后，他的目光陡然锐利，从容不迫地开口：

“这种病痛正是我杀害阿澄的代价，我不会选择做缓解疼痛的治疗和安乐死。我将亲身迎接这份惩罚，直到死亡来临。杀人必有果报，就算杀人让一切都顺利起来，报应也一定会来，决不能将建立在罪恶之上的成功视为理所当然。”

刚一或许就是想告诉他们这一点。他是为了以身作则地提醒他们“不能让成功经历毁掉自己，杀人不可能平安无事”，才会想要将自己的罪行告诉儿女们。他要警示他们，不能因为见证过音无集团由于阿澄的死度过危机，今后为了同样的好处而做出错误的抉择。

就算因为某个人的死暂时得以解决问题，最后一定会遭到报应。

莉音等人都沉浸在刚一的话语里，岩永却用近乎轻佻的欢快语调，继续主持流程。

“各位似乎都放弃了遗产继承的优先权。贡献了这个解答的第一功臣是莉音小姐，不过，遗产还是由音无会长随心所欲地分配吧。”

“太无欲无求了。”

刚一开怀大笑，岩永则爽朗地回答：

“不，我认为这是正常判断。”

莉音并不想让这位大小姐来划分自己是正常还是不正常。在这种情况下，用这种语气对刚一说话，已经足以证明岩永不正常。

刚一却开口慰劳岩永。

“琴子小姐，请你帮忙真是个英明的决定。最大的功臣是你才对，我应该感谢你。”

闻言，岩永眯起眼睛，制止刚一。

“现在道谢还为时尚早。”

她的语气很冷静。刚一有些茫然，莉音、阿晋和耕也也是相近的表情。

“会长要是亲手杀了夫人，我也没必要多嘴了。可是，会长却用了一个非比寻常的方法。如今，您应该已经认识到那并不合理了。”

岩永在大惑不解的氛围中，淡淡地继续说道：

“会长如今应该很庆幸采用了那种方法。您刚刚说了吧，幸好您没有让儿女们背负上弑母之罪。看来，您其实并未对过去的成功和选择后悔。”

岩永突然话锋一转，问莉音：

“莉音小姐，你认为音无澄女士是伪装成他杀的自杀。那么，为什么澄女士为了隐瞒自杀，没有伪装成意外身亡呢？比如为了捡东西稀里糊涂地冲上马路、脚底一滑从站台掉进轨道等。只要本人有那个意思，其实很容易让周围的人相信和见证。一个不会被人怀疑自杀的人，只要做得不那么离谱，就算死得有些不自然，一般情况下都会以意外事故处理吧？”

莉音想反问她“事到如今还追究这些细节有什么意义？”可是，岩永指出的地方非常有理。她无法拿出合适的理由来反驳她。

在犹豫期间，岩永步步紧追。

“如此一来，警察基本上不会调查，也不必关心相关人员的不在场证明。可是，如果有他杀的可能，警方就会正式出面，也会要求相关人员提供不在场证明。实际上，薰子小姐的不在场证明就险些不成立，要是没有骨折的话，她就洗不清嫌疑了。另外，随着警方的搜查，也会产生伪装被看穿的危险。所以，伪装成他杀的风险极高。也就是说，澄女士不可能为了隐藏自杀，而伪装成他杀。”

岩永从椅子上起身，赫然像是在律政电影高潮时登场的律师，或者破解谜题的名侦探。她拄着手杖，在房间里踱着步，停在一个可以综观全场的位置。

“也就是说，她并没有伪装成他杀。音无澄女士并不是自杀。她仍是死于谋杀。”

刚一睁开眼睛，阿晋和耕也站了起来。莉音丧失了语言的能力，呆呆地望着眼前的情景，九郎则缓缓走到岩永身旁。

岩永宣布：

“那么，就让我揪出真正的凶手吧。”

岩永感到无比酣畅淋漓——终于来到这一刻了。除了九郎以外，所有人的表情都目瞪口呆。他们的神情不知是惊愕还是恐慌，仿佛搞不清楚是什么情况。一切都在岩永的掌握之中。

本来她只要按照委托，虚构一个刚一是凶手的伪解答，诱导周围的人认可就行了。然而，本案却有个非常不自然的地方。在刚听说的时候，岩永就注意到了。

后来，她询问过妖狐吹雪，找到了新的线索。

上个月，在夜晚的深山中，被五花大绑的吹雪，在十只同族的簇拥下跪在地上。岩永这般问它：

“我已经查清了你与刚一先生做过交易的事实，但还有一点疑问。吹雪，你杀害澄女士时，为什么没有伪装成意外死亡或病死的方式呢？如果是人类杀人，要伪装成意外死亡或病死也许很难，可是你有妖力，也有千变万化的能力，那是轻而易举的事吧？”

岩永用威严的口吻，继续询问垂头丧气的吹雪。

“你向刚一先生保证‘不会牵扯到他们’。但是，要排除那些人的嫌疑之后再杀人并不轻松。就算你可以让所有人的不在场证明都成立，也需要提前调查他们的行程。所以，伪装成意外死亡或病死，应该是最轻松，也是最安全的。”

虽然已经知道答案，岩永仍旧试图用事实让妖狐吹雪坦白。

“你并没有杀害音无澄女士吧？你只是假装她是自己杀掉的，向刚一先生做了汇报，骗取了交易的代价。尽管并不能因为你没有杀人，就减轻你对同族犯下的罪过。不过，要是你能坦白承认，我也好帮你说情。”

吹雪早就投降认输，也没有反抗的打算。于是，它趴在地上，供认不讳。

“公主殿下，您真是慧眼如炬。我并没有杀掉那个女人，但最初也并无欺骗那个名为刚一的人类的打算。”

吹雪一脸悔恨地道出事情的来龙去脉。

“那日黄昏，我为了杀害叫作阿澄的女人，打算化身为野狗，暗中接近她。从交易之日起，我一直在盯着那个女人。不过，当时是她第一次独身一人。倘若让她逃了，下次更待何时？我便打算一不做二不休，计划变成野狗，袭击那个女人。她会吓得惊慌逃跑，我呢，就追在她的身后，在周围目击者较多的地方咬断她的喉咙。或者我可以将她追到路边，让车撞死她。我还盘算过，在她站在路边的时候，用狗的姿态从身后撞上她，将她撞进车行道里。”

“嗯，这么一来，你就能信守诺言了。”

虽然有些粗暴，不过这样，就不会被警察怀疑了，变成甚至用不着搜查的意外事故。

“可是谁能想到，那个女人竟然在我面前被埋伏的人类捅死了。凶手确认那个女人死亡以后，将她的手提包和钱包扔到旁边，转瞬间逃之夭夭。我非常惊慌，搞不好，我与那个男人的交易会因此告吹。所以，我虽然很惊慌，还是在判断凶手已经成功逃掉之后，模仿名为阿澄的女人的声音，发出尖叫，引起周围人的注意。”

“原来‘抢劫！就是那个男人！快来人，抓住那个穿黑色上衣的男人！在车站方向！’不是被害人，而是你这家伙喊的。”

“正是，那个女人被捅第一刀时已经奄奄一息，随后又被捅了一刀，所以完全没有力气尖叫。总之，我叫完以后，立刻变成野猫躲藏起来，所以没有任何人察觉。我暗中观察了一阵，发现没有留下抓捕凶手的证据和线索，便逃离了现场。”

又出现了不得不考虑的因素，岩永的心稍微沉了一下。现场的伪装工作居然是妖狐做的。看来，接下来为了让事情合乎情理，必须要靠自己来善后。

吹雪似乎是为了讨好岩永，毫无保留地将当时的情况说了出来。

“就算人不是我杀的，目标死了也是事实。凶手也完全没有自首的意思。于是，我判断可以告诉那个男人是我做的，就去找他，要求他履行约定。毕竟我也为了不让那个男人的家人受到怀疑，尽了全力。所以，我忠诚地履行了自己的责任。”

“也就是说，你看到了凶手的脸，也知道那个人是谁喽？正因如此，你才会作出必须包庇那个凶手的判断，伪装成被害人的声音，让周围的人都听到那声尖叫。”

“正是。我也做了相应的调查，能够认出凶手。所以，我才会发出尖叫，让周围的人认为凶手是个‘男人’。”

说到这里，真相就一清二楚了。无须复杂的推理，也能知道凶手是谁。岩永对凶手的锁定已经有了头绪，但还是故意催促吹雪。

“那么，凶手是谁？”

“那个男人的女儿，叫作薰子的女人。”

吹雪言之凿凿。由于凶手是女人，吹雪才会误导周围的人说凶手是男人。

就这样，昨天岩永带着连刚一都不得而知的真相，来到这里。只是，就算知道凶手身份，也是从妖狐的证词中得来的，不能轻易公开。而且基本没有人会承认这种证据，就连刚一，恐怕也需要一段时间才会相信。

所以，她才会采取迂回的策略，试图拐弯抹角地揭开真相。

面对局势的转变，刚一、阿晋、耕也、莉音都没有反应过来。岩永悠然地道出真相。

“凶手就是薰子小姐。尽管各位觉得薰子小姐不可能作案，可是，就像昨天说过的那样，她可以在骨折的时间上动手脚，将不可能变为可能。她成功地瞒过了所有人，杀害了澄女士。”

刚一、阿晋和莉音还没有从茫然的状态中回过神来，只有耕也的瞳孔中还保留着一丝理智，他的额上渗出汗珠。

岩永对耕也道：

“薰子小姐埋伏在澄女士从按摩馆前往车站的路上，估计是这么说的：‘我想找您谈谈我跟耕也先生的关系，只有在这里等您才有机会同您单独说话。’毕竟是亲生女儿，就算天黑了，路上都没有人影，澄女士也没有起疑心‘想跟我聊私密的话题，何必非要在这样的地方等我？’她在毫无防备的情况下，让薰子接近自己身边。”

阿澄觉得，女儿只要听从自己的安排就能获得幸福，就算她一时反抗，也很快会理解自己。她完全没有察觉到薰子的杀意。

“由于当时天还很冷，就算薰子为了不在刀上留下指纹而戴了手套，澄女士也不会怀疑。薰子趁机用偷偷携带的刀刺进澄女士的胸口，同时堵住她的嘴，防止她发出声音，为了保证能够致命，又补了一刀。澄女士就那样倒下了。就算她拥有合气道的段位，还是在毫无戒心的情况下被杀了。”

岩永用手杖模仿刀子，比画了个捅人的动作。

“接下来，薰子小姐为了伪装成抢劫杀人，立刻从手提包里取出钱包，把里面的钞票抽出来以后，扔掉钱包匆匆逃走了。整个过程也许连三十秒的时间都不到。”

她问一动不动地坐在沙发里的耕也：

“耕也先生，你也知道薰子小姐的罪行吧？在被我猜中骨折的计策时，你没有轻易否定，反而承认了计划。可是，你又以计划其实没有成功搪塞过去。这一招委实精彩。你大概是在怀疑，音无会长是想借此揭发薰子小姐的杀人罪行。所以，你考虑了很多种对策吧？”

如果增加隐瞒的内容，就会更容易被人找到漏洞。耕也估计是因此才会故意承认这点，试图找到一条活路。

“站在耕也先生和薰子小姐的立场上，音无会长这次的目的，令你们非常忐忑。其实会长的目的，就只是想让你们知道自己的罪行罢了。可是，经过二十三年的岁月，你们依然满心觉得他是想要私下审判你们。‘我只是想让你们知道真相，到底是谁杀害了你们的母亲，你们看着吧，那个人一定会遭到报应。’这句话在你们听来，也是那个意思。”

对于凶手而言，这番话就像是最后的通牒。

“可是，会长提出这道谜题，也有可能别有用意。所以，耕也先生一直都在观察情况。结果，亮马先生和晋先生的杀人计划暴露了，风向变得奇怪起来。所以，当你察觉到我也对你们起疑之后，就故意承认了这件事。就算你们制订计划的证据被会长掌握，也可以用杀人未遂来脱罪。你也想要通过这种做法，试图推测音无会长到底掌握了多少真相，对不对？”

耕也没有反驳，在岩永的视线中，他默默听着这些推测。他应该正在大脑中拼命地搜寻对策。

岩永通过对过去经过和背后真相的抽丝剥茧，一点点削弱耕也的意志。她从头至尾的目的仅此而已。

“终于，莉音小姐提出了音无会长是凶手的假设。这时耕也先生开始怀疑，音无会长是不是真的执行了那个计划，可是，你们却在他动手之前杀害了澄女士。没错吧？正如亮马先生和晋先生的计划以未遂而告终，由于你们三方的计划偶然间重叠了，所以才会造成眼下的局面，而音无会长则深信自己的计划已经成功了。”

如果一个人置身走投无路的境地，就会不由自主地相信那些对自己有利的解释。

“昨晚你作出判断，音无会长确实只是想要赎罪，才会出这道题，于是你的心稍微落回了肚子里。你应该也把这件事转告给了薰子小姐吧？”

当然，岩永的身边有一只耕也看不到的浮游灵*，替她偷听了他与薰子秘密联络时的对话。这也是不能光明正大拿出来的证据。不过，通过指出这个事实，可以进一步削弱耕也的意志力。昨晚他刚刚松了口气，心情也有几分松懈，这个时候打他个措手不及，他的精神会更加不堪一击。

---

* 即不知道自己已经死亡，或者不接受自己已经死亡的事实，徘徊在人间的死去的灵魂。

"然后到了今天，音无会长承认了自己的计划，耕也先生打算就此让会长背负这个罪行。你和薰子小姐也是这样商量的吧？如果你拦着会长，承认薰子小姐的罪行，我就没有必要说这番话了。"

岩永稍微有些同情耕也。话说回来，要是刚一不把岩永拉下水，就不会变成现在这种局面了。

"音无会长说过'杀人必有果报。就算杀人让一切都顺利起来，报应也一定会来'。如果听到这句话，你还继续保持沉默的话，我就必须说出真相。这都是为了恪守音无会长的信念。"

岩永说到这里，用目光和动作催促耕也回应或者采取行动。

刚一、阿晋和莉音似乎终于理顺了整件事，每个人都脸色苍白，直勾勾地望着耕也和岩永。

而后，耕也露出苦笑，一副对岩永的玩笑束手无策的样子，从沙发上起身，走到房间中间。

"岩永小姐，你到底在耍什么花样？就在昨天，你不是否认了薰子是凶手的说法吗？澄夫人临终前高喊凶手是个男人，而且，已经证实了，那并不是凶手伪装的诡计。薰子不可能是凶手吧？"

妖狐吹雪虽然被人抢先一步杀害了阿澄，不过对于与刚一之间的交易却很负责。它完成了最重要的工作——伪装阿澄的叫声保护薰子。托它的福，岩永必须虚构一个解释。

岩永为了让耕也彻底理解现状，耐心地作出回答：

"薰子小姐和耕也先生事后听说现场有人听到被害人的尖叫，想必很震惊吧？即便那对于你们而言非常有利。你们或许还怀疑过，会不会是音无会长暗中运作，让警方掌握了假消息呢？所以，这次聚会，你们才更加心惊胆战，生怕音无会长知道你们就是凶手。”

那几句假尖叫虽然保护了凶手，但对凶手而言，恐怕也是一个诡异和恐怖的事实。这一点是岩永的优势。

“那的确是澄女士的叫声。澄女士知道薰子小姐就是凶手。所以，为了包庇女儿，她用尽最后一丝力气发出那声尖叫，故意误导别人凶手是男人，让人留下抢劫杀人的印象。正因为是亲生女儿，哪怕她是杀害自己的凶手，也必须保护她避免被警方调查。”

耕也听到这个解释，用手砸了一下墙，语气粗暴地道：

“这件事你昨天不是也否定了吗？如果是预谋作案，那么凶手在杀人时，肯定会为了不引起周围的人的注意，堵住被害人的嘴。为了不留下线索，肯定还会在确认对方死亡之后再离开现场！这不是你自己说的吗？如果是熟人有预谋的作案，就不会给被害人留下尖叫的机会，所以已经有结论了，就是陌生人的随机激情犯罪！”

耕也已经无法抑制自己的烦躁。他不知道的真相和原因，到底会起到什么作用。这份不安令他无比焦虑。

岩永继续冷冷地对耕也道：

“薰子小姐也是第一次杀人，并没有仔细确认澄女士死亡，她只是见她已经倒下并不再动弹，就作出了她已经死亡的判断。可是，澄女士还有最后一口气，她倾尽全力发出了最后的嘶喊。母爱的力量非常伟大。”

“别再不负责任地妄自揣测了！”

“薰子小姐确认被害人的脉搏了吗？确认她的呼吸了吗？她用那双为了不留下指纹而戴着手套的手，准确地确认这些了吗？”

“薰子说她好好确认过对方确实断气了啊！”

“还有证词显示，附近居民赶到时，尸体还有余温。”

“人就算死了身体也不可能那么快就变冷！如果刚死没几分钟，还是会有体温！”

“可是，很多人都听到了被害人的尖叫。澄女士还活着。不过，不知道她的尖叫到底是出于母爱，还是因为她害怕‘集团社长被亲生女儿谋杀’的消息传到社会上，会造成企业的形象一落千丈，她为了避免丑闻，才会包庇薰子小姐。或许两个理由都有吧。”

并没有什么尖叫的理由。阿澄并没有尖叫，那只是妖狐模仿她发出来的声音，所以这两个理由都是错的，是她编造的。然而，这番编造的话，却引出了必要的事实。

“好了，就算是耕也先生，从昨天开始不断接受我的暗示和诱导，还有不断涌出的意外发展，想必已经疲惫不堪了吧？所以，你刚刚说漏嘴了哦。”

耕也已经面如土色。刚一、阿晋、莉音的注意力都放在了耕也，而非岩永身上。他刚刚说漏的那句话，三个人都听到了。

岩永也再次看向耕也。

“这已经是二十三年前的案子了，而且没有任何证据。就算知道凶手是谁，只要她咬死不承认，就是一个说不清的悬案。耕也先生，你刚刚说——‘薰子说她好好确认过对方确实断气了啊！’。”

耕也呆若木鸡地立在那里。整个套房里，他或许是最后一个注意到自己说漏嘴的人。

岩永轻而易举达到了目的，她向刚一证明了薰子是凶手。

岩永对刚一行了一礼。

“音无会长，凶手就是薰子小姐，耕也先生是共犯。不过，如果从计划阶段就是共犯的话，按照耕也先生的性格，应该不会让薰子小姐动手杀人。所以，当时薰子小姐是单独计划并动手杀人的，耕也先生是后来才知道的真相。正因如此，他才会拼命包庇她。或许，薰子小姐是因为音无会长出的这道题而害怕了，才会在这二十三年后向耕也先生坦白。”

阿澄被赞誉为“女强人”，从昨天的表现来看，莉音也是相当刚强的女性。阿澄的女儿，莉音要喊姑姑的那位女性，即便是拥有独自执行杀人计划的心理素质，也没有什么不可思议的。

刚一没有回答，不过，这里已经没有岩永可以做的事了。接下来只要交给音无家自己善后即可。刚一的愿望已经实现。

“案子已经过了追诉期，剩下的就只有你们家庭内部和音无会长的信念问题了。请各位自行解决吧。我从一开始就声明过，离开酒店以后，我会将这里发生过的事忘得一干二净。我只有一点想要告诉你们，我受到了音无会长所不该托付的力量的委托。”

岩永如此说道。不过，沉默中的刚一到底理解了多少，她有些不放心，于是又添了一句：

“由于会长违背秩序，产生了与真相相悖的因果。要是您试图亲手杀害夫人，或者拒绝了常理之外的诱惑，即便您的长女是凶手，您也会默认夫人是遭遇了抢劫杀人，享尽您的天年吧。”

岩永打算离开房间，同九郎打招呼：

“九郎学长，贝雷帽。我们两个局外人，就不打扰了。”

其他人像是冻结了似的，没有任何反应。九郎一边走，一边将里面的衣帽架上的贝雷帽取下来递给岩永。她戴上帽子，打算往门外走时，却听到一个惊慌失措的嗓音。

“等等！你觉得你能随便走出这个房间吗？”

耕也举起右手握着的黑色手枪，对准岩永。他偷偷携带着枪，既可能就是为了这种时刻，也有可能是想要用这把枪自杀，甚至有可能计划在迫不得已的时刻，悄悄杀掉意识到凶手是薰子的刚一，让事件不了了之。岩永和耕也之间还有一定的距离，所以不知道他能不能开枪命中。不过，这个距离也并不是没有命中的可能。

众人都倒吸一口凉气，阿晋率先回过神来。

“耕也先生，不要轻举妄动！就算姐姐是凶手，案子也已经过了追诉期！哪怕被警方知道，也不会有多大影响！我们不会责怪姐姐，也不会将这件事泄露出去！”

耕也似乎早就转换思路，下定决心。他盯着岩永，用无比冷静的语气回答：

“我知道，我信任晋先生、会长和莉音小姐。毕竟你们是音无家的人。可是，这两个人不一样吧？首先，他们两个并没有揭露真相的必要，可他们故意这样做了，一定有什么目的。不，从头至尾这两个人都很可疑！”

岩永叹息一声。她的目的已经说过了，而且也说过接下来的事不会再插手。被称作“可疑的人”，实在出乎她的意料。

耕也的枪口稳稳对准岩永，逼迫刚一做决断。

“就算已经过了追诉期，只要被周围的人知道，就无法避免社会影响。这两个人——这个岩永琴子会做出什么事，我无法信任，不能让他们从这里离开吧？”

刚一脸色苍白，双唇轻轻抖动，他的目光在耕也和岩永之间徘徊。也就是说，耕也是在要求他对岩永二人灭口。他是在暗示刚一，刚一是在场的人里，最有社会势力的，应该可以采取超越法律的非常规处理方式。只要杀掉二人，处理掉尸体，伪造成他们在离开酒店后失踪的假象，就不会有后顾之忧了。

岩永挠了挠头。

“我什么也不会做哦。耕也先生这么爱惜薰子小姐，薰子小姐也为了你们的未来犯下了杀人罪。如果妨碍了这么恩爱的二位，肯定会受到爱神的惩罚。”

她不想平添麻烦，所以坦率地说出了自己的心情。

“要是因此影响了我与九郎学长的关系，我会很头疼。所以，我不打算再参与这件事了。”

结果她被九郎毫不留情地打了一下头。

“不要说这种傻话刺激他了！”

“什么傻话？我只不过是告诉他，我没心情参与而已！”

听到岩永的反驳，九郎无力地耷拉下肩膀，仿佛是为了保护岩永似的，主动站在枪口前，缓缓走向耕也。

“岩永就是这种人，她真的没兴趣多管闲事。”

九郎依旧是悠闲的口吻，他这副样子似乎才会刺激耕也。

岩永呆滞的工夫，耕也的手指已经扣住扳机，面对逼近的九郎重新上膛。

“站住！我不是在吓唬你！我承认你有胆量，可是这位大小姐值得你赌上性命吗？”

“不巧，我根本不需要赌命。”

九郎刚刚抱歉地说完，就响起了枪声。莉音的喉咙仿佛被扼住了，发出一声短促的尖叫。阿晋和刚一的脸皱成一团。空弹壳掉落到地毯上，子弹嵌入墙壁里。

九郎的脑袋鲜血四溅，身体后仰，“咚”的一声倒在地上。耕也好像射中了他的额头正中心。他的射击技术相当高超。

耕也从九郎的身体上迈过，走到岩永身边，将枪口举到她眼前。

“这下我无路可退了，任何人都无路可退。你和他都错了。”

耕也的眼神很冷静，握枪的手也很稳。对九郎开枪让他心智更为坚定，也让他失去了犹豫不决的空间。他有可能是觉得，这样做就能斩断其他人的顾虑，想以此逼迫他们吧。

不过，看得出耕也极度紧张，握枪的手无比苍白，脸上也失去了血色。

岩永盯着刚刚开过枪还带有一丝余热的枪身。面对妖怪们的时候，基本上没有机会看到这种工具，不过，这把枪的质感和设计都很简朴。好像是叫作格洛克手枪的一款。

耕也大概做好了必死的心理准备，岩永有些怜悯他。不过，她只是这般告诉他：

“我没有错哦，你现在回头还来得及。”

就在她这般宣告时，黑色的枪身突然被从旁边伸来的一只手轻而易举地握住了。事发突然，耕也还没有反应过来，几乎是瞬息之间，就被那只手夺下手枪。他在岩永面前呆然而立。

夺走枪的人当然是九郎。吃过“人鱼”肉变成了不死之身的九郎，只是被枪打中头而已，不可能会死。他接下来又动用了吃过的“件”的能力，选出了从耕也手中轻易夺走手枪的未来。因为这种情况发生的可能性非常大。

刚才本已脑袋喷血、倒在地上变成一具尸体的九郎，此刻却面带怜悯地站在他旁边，夺走了他的枪。这令他难以置信。

九郎同情地开口：

“我不是说过了嘛，这个赌局不成立。”

面对九郎，耕也呆滞地张着嘴，良久，终于用尽浑身的力气强烈抗议。

“为什么你还活着？我准确地命中你的脑袋了！看呐，贯穿你脑袋的子弹还嵌在墙上呢！刚刚你还流着血倒在地上了呢！”

他指着嵌有子弹的墙壁强调。然而，现实中九郎就站在他面前，还被气势汹汹的耕也吓得后退了一步。于是，他的抗议就显得非常有喜剧效果。岩永倒是也明白他会这样抗议的心情。

九郎神情怯怯的，总算绞尽脑汁编了一个借口。

“这个嘛，就是那什么……时代剧里不是偶尔会有这种情节吗？明明被刀砍了却没有死。我想起来了，就是‘用刀背砍’！所以我才能安然无恙。”

“子弹哪来的刀背！”

脑袋都被贯穿了，还刀背不刀背的，有意思吗？意识到这么发展下去会没完没了，于是，岩永用手杖介入二人之间，将他们隔开。

“在这里发生的事都像是一场梦，你们就把我们当成梦里人吧。我们呢，不受制于现世的法则，也不感兴趣。”

耕也的目光在岩永和九郎的脸上来回飘移，终于膝盖一软，跪了下去，双手撑在地毯上。面对瞬息万变的局面，他的处理能力大概终于过荷。

九郎似乎是觉得枪很烫手，无奈地递给负责人刚一，对他低了下头。刚一浑身虚脱地老老实实把枪接到手上。

岩永将贝雷帽戴正，最后一次向他们告辞。

“各位，我们这次是真的告辞了。我无意与音无集团为敌，所以这件事请音无会长酌情处理。”

虽然他们也可能会将她的好心当成歹意，不过在场之人只要有一点理智，恐怕都不会与岩永为敌。

岩永携九郎离开商务套房。虽然她还想再多享受一下高级酒店，但还是就此离开了这里。此时还不到下午两点。今天是星期天，昨晚也睡得很好，跟九郎找个地方玩玩也不错。

他们离去以后的房间无比安静。接下来那些人会说什么，已经与岩永没有任何关系了。

九月十八日，星期天。从清晨开始就暴雨如注，到了中午依旧没有放晴的意思。

音无莉音在街上的快餐店坐了一上午，呆呆地望着面前的汉堡套餐，想起了最近发生的那件事。大概是因为天色阴沉，以至于外出的人非常少，店里只有寥寥几个客人。

自从名为岩永琴子的大小姐揭露了沉睡二十三年的真相，已经过去两周时间。岩永倒是步履轻快地离开了酒店，剩下的人却一片混乱。

刚一坐在那里，一时停止了动作。耕也同样保持着双膝跪地的姿势一动不动。阿晋强打起精神，率先出声收拾残局。莉音则打电话向父亲求助。

混乱的局面一直持续到天亮。薰子自杀未遂，幸好耕也早早发现并采取紧急措施，将她从鬼门关拉了回来。不过，大概是精神受到了打击，她就此住院。

薰子似乎害怕自己的杀人罪因为刚一的题目而曝光，这一个月左右，状态相当不稳定。她一直以来都背负着杀害母亲的罪恶感吧。

亮马和阿晋都觉得，事到如今，他们没有心情和资格怪罪她。只要有时间，他们就会去探望薰子，为她打气。莉音也没有什么资格对她的罪行说三道四。大家都很怜悯被岩永逼入绝境并一败涂地的耕也，也无意追究他非法持枪的问题。耕也大概也在精神上受到了巨大的打击，没日没夜地在医院陪着薰子。

在某种意义上，迄今为止关系疏远的音无家的长子、长女和次子，因为此事重新聚在了一起，亮马和阿晋之间的隔阂也不可思议地消失了，这或许也是一种救赎。

刚一受到的精神打击似乎也很大。他本来是想制裁自己的罪行，谁知却曝光了长女的罪行。是否仍要按照他当初所说的信念制裁自己，也是他当前面临的问题。一切都是刚一自作自受，谁让他执行了那个奇怪的计划，并且邀请岩永协助呢？这种自责更加缩短了他的寿命。

恶性肿瘤，再加上为这些事情操劳过度，致使他的身体状况越来越差，尽管他没有让人感到他的衰老和疾病已经这般严重，可是在岩永离开三天以后，他也倒下住院了。

二十三年前到底发生了什么？详细情况薰子和耕也都没有解释，只是告诉他们，岩永的解释完全正确。

当时，薰子好像为了与耕也结合，也为了不让他的公司垮掉，暗自下了杀害阿澄的决心，并且独自制造了让人误会她骨折时间的假象。她一直瞒着耕也，直到最近，刚一发布的课题才唤醒了她沉睡的过去。耕也接到她的求助，决心帮她渡过难关。岩永所言分毫不差。

刚一倒下，薰子住院，耕也一蹶不振，亮马和阿晋一改老死不相往来的常态，开始频繁联系和交流，心事重重地东奔西走。所以，音无家发生了异常变故，这种情况是瞒不住的。不过，薰子犯下的罪行完全没有泄露出去。

就算受到外界责问，他们也会一口咬定自己不知情吧。因为，这也如岩永所言，是个没有证据又过了追诉期的案子。

不过，笼罩在音无家每个人心头的阴影却与日俱增，大概是因为知道了真相，他们今后就必须在真相的阴影下生活吧。这令莉音的心情无比沉重。

阴影始终存在。案件发生在二十三年前，杀人与凶手也一直存在，只不过是沉睡了而已。岩永琴子只是唤醒了这桩沉睡的案子，让每个人看到了阴影所在。

莉音甚至觉得自己被这位大小姐利用了，心里非常窝火。她引诱自己提交伪解答，利用自己充当逼迫耕也就范的工具。其实只要岩永隐瞒真相，就可以用那个伪解答让事件落幕。并且通过那个伪解答，让各方面都圆满收场。

只要岩永将真相藏在心里，就能避免悲剧的结局。可她故意将真相拽出水面，自己却不负责任地甩手离去，将痛苦留给剩下的人。她到底是个多爱给人制造麻烦的少女？实在让人火大。

可是，与她面对面时，就完全生不起气来。那个大小姐岩永琴子非常可怕。她的身上有种冷冰冰的气质，莉音觉得，她似乎是在一种离奇的信条与准则下行动的，而违背这份信条与准则的人，会遭到她毫不留情的惩罚。事实上，在她将耕也逼入绝境时，就是冷酷的化身。到底是怎样的经历，让她汇集了可爱与残酷这两种特质于一身呢？又到底是什么让她如此坚守自己的信条？

还有，那个所谓的岩永男朋友——叫作九郎的青年也很古怪。莉音当时也看到了，他的脑袋明明被枪射穿了，目光涣散地倒在了地上。可是，他却毫发无伤地突然起身，夺走了耕也的手枪。

“那两个人真的是人类吗？”

莉音对着被雨水打湿的玻璃窗喃喃自语。耕也不是也说过吗？那两个人从头到尾都很可疑，他们实在过于诡异。

只要有那个意思，刚一和阿晋都能对岩永家施压，也能报复他们。可是，刚一大概没有那个精力，阿晋也发自内心地怕了，“不该跟那家人、那位大小姐扯上瓜葛。她的身份实在太诡异了。”耕也同样悔恨不已，“我应该听从阿学的忠告的，她已经远远超乎我们的想象与常识。”

莉音也发自内心地发毒誓，绝不能再次与那位大小姐扯上关系，还有，绝不能再次粗心大意地参与解谜。至少岩永让她明白了，挖掘别人沉睡的秘密有多么危险。如果稍微有些成绩，就沾沾自喜，过分相信成功经历的话，也许自己也会落入别人挖好的陷阱。

她心头的郁闷萦绕不去。从沉睡中觉醒的谋杀的余波，始终无法烟消云散。大雨久久不歇，阴影越来越暗、越来越深。

岩永琴子和樱川九郎一起拜访了音无刚一的病房。照顾刚一的人不断联系她，说刚一想请她过来一次。她离开酒店时说过，出门就会把在那里发生的一切忘记，所以再三拒绝：“我没有义务与音无会长见面，也根本不记得他，到底是怎么回事？”

可是，刚一却恳求她来一次。于是，尽管从早上就在下雨，她还是不情不愿地在九郎的陪同下来到这里。

躺在床上的刚一，与两周前相比虚弱得判若两人，一副油尽灯枯的模样。看来，他并不像之前说的那样还有一年寿命，胃口良好、四处活动似乎都是假的，此刻他的状态才是医学上的正常状态。

虽然他不必时刻输液或佩戴人工呼吸器，不过已经没有恢复的指望了。就算岩永他们来了，他似乎也无法撑着上半身坐起。

宽敞、陪护设施完备的独立病房里，只剩下刚一和岩永他们。岩永坐到病床旁边的椅子上，九郎则站在她的身后，将她的贝雷帽和手杖拿在手上。

刚一盯着天花板，虽然虚弱，唇边却挂着一丝笑容。

“我请你来，不是想抱怨。那个结果是我造成的，也并没有背离我的信念。虽然你没有出于同情将真相藏在心里，可要是怨恨你的话，就是找错人了。”

“怨言我还是愿意听的，我还没有冷血到那个地步。而且，我一点儿也不在乎。”

就算听到再多的怨言，现状也不会发生任何改变。所以，不过是这点事而已，她有足够的善心陪他释放压力。

面对这样的岩永，刚一的目光里带着些许羡慕，然后进入主题。

“后来的事，你恐怕没有兴趣吧？今天叫你出来，大概也违反了约定。不过，有件事我想跟你确认。”

刚一轻轻动了一下脑袋，将视线投向岩永的身后。

“你是叫樱川九郎吧？听说你是樱川六花小姐的堂弟。”

岩永闻言惊了一下。九郎也声音颤抖地反问：

“您认识六花姐吗？”

刚一有些懊悔地将头扭回原位。

“最开始与我商量该如何偿还我的罪孽的人，就是六花小姐。”

到底是怎么跟六花扯上关系的，岩永一时也无法找到合理的逻辑。

“我听说在某家医院，有个长期住院的女人拥有不死之身，并且有决定未来事件发展的能力。虽然她并不能通过那种能力获得权力或者操纵别人，不过，跟她交流之后，我听说通过这种能力，可以让大部分事情顺利发展。我不知道她长期住院的理由是什么，有传闻称，医院协助她进行变回普通人类的研究，作为交换，她答应将自己的力量为医院所用。”

听到刚一的话，岩永握紧放在膝上的拳头。彻底终结这次的案件，看来还为时过早。

“我与妖狐做过交易，所以对于那种不同寻常的人非常感兴趣，曾经邀请她见过一次面，然后，我发现她的那些事是真的。在我看来，她虽然美丽，却明显有别于人类。”

刚一似乎在某种程度上拥有可以从视觉上识别妖怪的天分。或许正因如此，他才容易受到妖怪的力量吸引，并且相信它们吧。

“大概是两个月前，我坐车出行时，看到她一个人在街上走着。我正在为该如何处理过去的罪行而烦恼，所以觉得是上天的安排，就让司机停车，喊住了她。我想，既然我的烦恼是因为与妖怪牵扯而产生的，那么，与怪异之人商量就再合适不过。”

刚一的口吻宛如六花的信徒。

“她似乎有些不知所措，但还是倾听了我的烦恼。不过，我并没有对她提起杀人的事。我只是怀着希望请教她，知不知道该怎么偿还与妖怪交易而犯下的罪过，或者，我能不能借助她的力量获得合理的未来。”

刚一说着，看向面前的岩永和九郎。

“结果，她将拥有同样能力的堂弟和他的女友琴子小姐的事告诉了我。她说这两个人也许能实现我的愿望。我当时半信半疑，不过，在收集琴子小姐的传闻时，我听说了几件非比寻常的事迹。实际见到你以后，我也感到你拥有非比寻常的力量。”

雨滴敲打着玻璃窗。这样的日子很适合睡懒觉，不过暂时酝酿不出这样的心情了。

岩永一边这般想，一边克制住自己，不让脸上露出凶狠的神情。这时，刚一略有些强势地开口：

“这么说你们也许会不开心，不过，琴子小姐，九郎先生，你们在我眼中都不太像人类。”

九郎有些不悦，心想：“那么我们像什么？要是您能画出来可就帮大忙了。”

刚一闭上眼睛。

“所以，我信任你们，将事情委托给了你们。可是这么做以后，我突然感到很奇怪，为什么我会对那个叫六花的人言听计从，这么信任你们呢？我会不会是在六花小姐的引导下才抵达了这样的‘未来’？”

回头想想，他时常对自己的决断与行动感到难以置信。刚一倒不是在逃避责任，他可能只是有些担心，也有可能是对妖怪的畏惧过于深入骨髓。

岩永斟酌着措辞，片刻后，她决定诚实地发表自己的意见。

“她和九郎学长并不能决定任何未来，而是只能找出可能性最高的未来。音无会长因为过去的经历，在心理上容易信任妖怪，这次也强烈期望能够依赖妖怪的力量解决自己的问题。六花小姐所能干预的，最多也就是帮你消除犹豫吧。音无会长并不是被她操控了。”

九郎和六花都不是万能的，也不可能让奇迹发生。不过，只要他们不嫌麻烦，也能让接近奇迹的事情发生。但是，他们不可能让可能性为零的事情发生。

“是这样吗？好吧，或许是这样吧。”

刚一并不想接受，不过一系列事件的源头就是自己，他必须接受结果，他仿佛要将这个事实铭刻在心里一般，这样说道。

九郎用强装镇定的口吻问道：

“六花姐如今身在何处，您有线索吗？”

“自从那次分开，我们就再没有见过了，也没有交换联络方式。她可能觉得结果无所谓吧。不过，估计是她已经预料到了事情会这般发展，才会向我推荐你们吧。”

听到刚一的问题，岩永忍不住露出痛苦的神色，说道：

“不知道，我也拿她没辙。”

岩永他们走出刚一的病房以后，雨非但没减弱，反而下得更猛烈了。面对瓢泼大雨，他们对于走到附近的地铁站或公交站有些踌躇，决定暂时在医院大厅里观察情况。

“实在没有想到，竟然是六花小姐在背后操纵。我虽然察觉到会长找上我的过程太过顺畅，却没有想到这一点。”

岩永坐在沙发里，喝着九郎买回来的罐装红茶，苦苦思索。

“她为什么要把这件事推给我呢？就算是六花小姐，也不可能通过一点琐碎的信息就看透事件的真相和来龙去脉，难道她只是想故意给我找麻烦吗？”

如果是那个女人，这倒非常有可能。就算没有特别的阴谋或目的，只要能给岩永添堵，她就有可能设局。无论她是有阴谋还是出于这种原因，事情都很麻烦。

九郎在岩永身边坐下，无所谓地回答：

“能想到的理由只有两个。”

他似乎难得比岩永先有头绪。

“第一，六花姐想让你的注意力集中在这次的案子上，这样一来，你就察觉不到她正在为接下来的计划设局了。”

“比起单纯的找麻烦，这一点倒是更有可能。”

比起积极的佯攻作战，如果这次音无会长咨询的事能起到作用，那么就利用一下好了——就只是这种顺便的行动吗？

然后，九郎换上认真的语气，仿佛接下来的才是最有可能的理由，继续说道：

“另一个原因就是，她想让我看看，你是如何解决与妖怪有关的咨询。”

“事到如今？这种程度的事，九郎学长迄今为止已经见多了吧？”

九郎是与她交往了将近三年的恋人。他很清楚岩永的做法和行动原理。事到如今为了让他看到这些，故意将别人找她商量的事情推给自己，根本毫无意义。

可是，九郎似乎有不同的角度。

“你说得在理，不过她是觉得，这次的案子与人类有着密不可分的关联，应该更能体现你的作风吧。”

作风？岩永无论对象是什么，都是按照原理和原则行动的。

大概因为说了难以理解的话，九郎苦笑着补充：

“你这次为了秩序，没有掺杂任何感情，即使能够预想到悲剧的结局，依然揭露了真相。为了应当遵守的秩序，你可以毫不留情。她大概是觉得，这件事能够让我清楚地看到你的本来面目吧。”

“哪里哪里，说得我好像是冷酷残暴的机器一样。残酷的是会长，为了让事情步入正轨，他才比较无情吧？”

不过，琴子这次不失礼节地接受刚一的委托，以尽可能内部解决的形式有限地插手事件，可以说是相当有人情味的处理方式。要是引发了杀人事件，还皆大欢喜地收场，那种轻率的处理才令人愤慨吧？

九郎叹了口气，将手搭在岩永的头上。

“算了，你这样就挺好的。没必要苦恼。不过，你应该没有苦恼的脑回路。”

“九郎学长，你这种话才冷酷无情！”

岩永明明在认真思考六花的目的，这个男人却完全没有危机感。竟然还说别人反应迟钝。他才应该更多地交流感情，变成真正的人类。

总之，岩永无比气愤，决定强行依偎在九郎身上，睡上一小会儿。

第六章

岩永琴子是大学生

小林小鸟和男朋友天知学一起走进餐厅，坐下点好单以后，她突然意识到，附近不就是H大学的学生街吗？

时值九月末，这一天虽然不是节假日，但是二人各自的大学正好同时没课，也没有兼职，就出来约会了。上午逛完美术馆，阿学提议去附近的一家旧书店逛逛，因为那里有丰富的推理书籍，于是他们就多走了大约一站路程。下午两点多，他们才走进这家餐厅吃有些迟的午餐。

这是一家颇有情调、环境明亮的休闲餐厅。可能因为是学生街，餐厅也有很多价格适中的套餐供应，为了照顾女性客人的需求，还有蔬菜类的套餐，吃午餐正合适。吧台座位比较多，不过也有一定数量的桌椅座位，可以安静地用餐。餐厅名称为“爱音”。

可能是小鸟他们进餐厅时已经过了用餐高峰期，只有吧台区最里面有一位大学生模样的青年，正单手握着咖啡杯，坐在那里看书。

小鸟自从进餐厅，就总感觉见过那个青年，不过对方毫无特点，长着一张大众脸，平凡到只需半天就会忘记。所以，她没准是把他与其他人搞混了。

不过，考虑到阿学也有可能无意间来到这条学生街，慎重起见，小鸟还是问了一句。

“阿学，附近的H大学就是岩永同学上的大学吧？”

“好像是吧。”

“她高二那年是不是说过，她要报考单恋的那个人所在的H大学？”

虽说她与那个人后来成了恋爱关系，不过，岩永入学的时候，按照年龄差来算，对方应该马上就要毕业了。她当时向岩永求证了一下，结果岩永得意扬扬地表示，那个人考上了研究生，所以他们还能一起度过好几年的大学生活。岩永如愿以偿地考上大学时，也是一副飘飘然的模样。

阿学本想搪塞过去，可立刻意识到瞒不住，于是老实地承认。

“是啊，我当时还有些不敢相信，岩永同学填报志愿时竟然会那么恋爱脑。”

阿学果然是在知道这件事的前提下来这一带的。

“你故意多走了一段路到这里，莫非是觉得有可能遇到岩永同学？”

小鸟进一步提问。阿学听到小鸟的追问，连自己都搞不懂了，他停顿了片刻。

“我倒是没有过多的期待。就算碰到，她可能也不记得我们了，即便她记得我们，也不知道该怎么跟她打招呼，估计只有尴尬的份儿。”

对于小鸟来说，事到如今再碰到岩永，她也不知道该说些什么。很可能会语无伦次地从天气的话题聊起吧。前几天在商场与她擦肩而过时，自己也佯装没有看到她。

高中时代，虽然能够和岩永比较亲近地交流了，小鸟却始终有一种她和自己生活在不同的世界的感觉。所以，她甚至觉得，只要时机到了，自己必然会跟岩永分别，而再次接近她是违背常理的。

阿学应该也有同样的感觉，不过，这次他为什么会有所行动呢？他的眉间微微拢起，说道：

“我一直很好奇，她被音无会长叫过去担任裁定人，到底做了什么。虽然我不认为岩永会将舅舅都瞒着的事情告诉我，可我还是忍不住想见到她问问，说不定能得到一个能说服自己的答案。”

小鸟从阿学那里听说了，岩永琴子被委托为音无集团会长刚一先生的遗产继承相关问题的裁定人，与此同时，阿学的舅舅藤沼耕也开始收集起岩永的信息。而且，这个问题过于敏感，可以预测，事态一定会往非同寻常的方向发展。

时隔不久，这个月的月初，她就在报纸上看到音无会长住院的新闻，又从阿学那里得知，会长的长女——耕也的舅妈也在同一时期自杀未遂，耕也同样一蹶不振。就算亲戚们问他到底发生了什么事，他也只是说“请不要与岩永琴子有牵扯”，除此以外便无可奉告。

无论怎么想，这一定是岩永在搞鬼。阿学事前与舅舅见过面，还特意忠告他小心岩永，他当然很好奇事情的原委。

“你舅舅后来怎么样了？”

“听说舅妈已经恢复，也冷静下来了。这件事对舅舅公司的经营也没有产生多大的影响。音无集团因为有奇怪的谣言传出，有一段时间股价下跌，不过如今已经回到了以前的状态。只不过，相关人员的寿命毫无疑问地缩短了。”

阿学或许是在懊悔，当时该加倍叮嘱舅舅注意岩永的。

“岩永同学确实做了一些什么吧？”

这半个月左右，小鸟发现阿学总是一副心事重重的样子，也很为他担心。

“是啊，或许不要知道会比较好。不过，如果仅仅是来到岩永同学就读的大学附近，能够偶然碰到她的话，说不定是个兆头，预示着我应该去打听一下。”

阿学说完，以手扶额。

“不行，靠这样的偶然来决定自己的行为，跟依赖占卜或者等候天启一样，实在是太过超自然、太不推理了。”

虽然他的语气像是在开玩笑，却丝毫也感觉不到喜悦。

这时，他们点的咖喱饭、清汤和沙拉的套餐上来了。过来送餐的中年男子好像是餐厅的老板，他一边把东西放下，一边面带惊讶地问道：

“二位客人认识岩永小姐吗？”

小鸟有些错愕，阿学也有些不解。

"不知道我们口中的'岩永同学'，和您所谓的'岩永小姐'是不是同一个人。"

"啊啊，抱歉。在一种凝重的氛围中听到岩永这个名字，我忍不住就联想到她了。她外表像是一位家世良好的大小姐，虽然已经是大学生，但模样稚嫩，像个人偶，莫名给人一种冷淡和不容人接近的感觉，总是拿着一根手杖。"

"就是她。"

阿学立刻回答。小鸟也能保证，他描述的"岩永小姐"除了岩永琴子以外不可能是别人。

阿学慌忙继续说道：

"我们高中时代和她在同一个社团，毕业之后就没有联络了。不过，因为最近有件事想向她打听，就想着到她就读的大学附近看看，说不定能碰到她呢。"

过来送餐的中年男子果然是餐厅老板，据他解释，岩永经常和男朋友一起来这家餐厅。不过，她好像曾经挥舞着手杖，愤愤不平地向男朋友抱怨，让他带自己去更像话的餐厅。这句话对于男朋友而言是灾难，对餐厅也是一种贬低，令人非常尴尬。

可是，餐厅老板却全然没有放在心上。而且，第二天岩永就来为自己的过激言辞道歉了。她的那句话也是因为得知男朋友经常和前女友一起来，才会出于嫉妒脱口而出。这件事反倒让老板看到了她的可爱之处，对她多了些好感。

这家餐厅是小鸟他们随便选的，不过，不知是偶然还是冥冥之中的安排，岩永竟然是这家餐厅的熟客，老板连她的名字都知道。虽说这里容易吸引女性客人，不过要是岩永出现在这里的话，应该会很不和谐吧。

老板大概是看见阿学他们愁容满面，就亲自来接待他们了。

“不过，说到岩永小姐，她现在应该在大学上课吧。这个时间，我们通常也不怎么有客人上门。”

“或许吧，能碰到才比较奇怪，不对，该说是惊悚吧。”

阿学莫名松了口气，但脸上的微笑中还是带出了几分遗憾。

老板犹豫了一会儿，悄悄往吧台区看了一眼，用眼神示意了一下从小鸟他们进餐厅起，就坐在那里的青年客人。

“不过，岩永小姐的男朋友就在里面。方便的话，你们不妨去问问情况。”

阿学张大嘴巴愣住了，小鸟也一样。进餐厅时她就觉得那个青年眼熟。她见过好几次岩永男友的照片，不久前在商场也曾跟他擦肩而过。

在这个世界上，似乎冥冥之中确实有安排。

坐在吧台的青年，就是叫作樱川九郎的岩永的恋人。他从老板那里听说了小鸟他们以后，只往这边看了一眼，便端着咖啡杯起身，毫无防备地从吧台区往桌椅区走来。

阿学起身做了自我介绍，向对面落座的九郎深深鞠了一躬，坐回原位。

“麻烦你过来一趟，实在抱歉。初次见面，你现在是一头雾水吧？”

小鸟也自报了家门，一起低下头。站在九郎的角度想想，与女朋友高中时代的社团同学见面，他也有些莫名其妙。

可是，不知是因为九郎个性宽容，还是因为他是老好人，反倒对阿学他们抱歉地摆了摆手。

“哪里哪里，高中时代二位都因为岩永吃了很多苦头吧？我才应该道歉。”

大概是为了缓解小鸟他们的紧张，他又加以补充：

“好像是上个月吧，我记得曾经跟二位在商场擦肩而过。因为你们一副见到鬼的样子，我就问了岩永，她告诉我，你们是高中时代关照过她的人。”

“啊啊，你们当时在聊佩斯利花纹！”

阿学似乎也想起了当时的事。

“这个话题就别提了，鬼知道她是在什么地方找到那种花纹的‘那个’的。”

九郎一副噩梦又被提起的样子说道。

岩永似乎并没有忘记小鸟和阿学。不过，她在商场注意到了他们，却没有打招呼，所以应该是感觉没有与他们叙旧的必要吧。

“对了，你们想问岩永什么？”

"这个嘛……"

尽管听到了九郎的催促，阿学却似乎有些难以启齿，不知怎么问才比较好。请他现在把岩永叫出来，未免有些唐突，岩永恐怕也不会把音无家的情况轻率地告诉男朋友，毕竟有可能涉及敏感内容。音无家应该也要求她保密了。

谁知，九郎目光温和地问阿学：

"你是天知学先生吧？藤沼耕也先生的外甥？"

"是的，你怎么知道我舅舅的名字？"

九郎没有回答阿学的这个问题，而是直奔核心。

"那么，你想问的应该就是在音无家的聚会上发生了什么吧？"

"你、你居然知道？"

面对一脸惊愕的阿学，九郎换上认真的表情回答：

"因为当时我也陪岩永出席了聚会。而且，我们已经答应将那里发生的事忘得一干二净，就算是亲戚也不能透露。即便你去问岩永，恐怕也会得到同样的答案。"

虽然能料到岩永不会告诉自己，不过，九郎居然也在场？小鸟却很惊讶。就算是男朋友，那个场合应该也不能轻易让他陪同吧？音无家肯定也会觉得可疑。即使如此，岩永还是让他陪同，那就说明她相当信任九郎。

他的身材比普通人高大，可是除此以外，浑身上下都平平无奇。这位青年到底哪里吸引岩永呢？小鸟从高中时代就满腹疑问，与本人面对面时，她依然想不出所以然来。与岩永交往多年，他竟然还能这么普通，这一点反而值得她奇怪。

阿学愣了片刻，终于回过神来，轻咳一声道：

“你真的在现场吗？”

“是的，不过基本上是被岩永强行拖去的。岩永带我去的首要原因，好像是觉得一个人去家族聚会太无聊了。托她的福，我不光兼职请了假，还被卷进一桩杀气腾腾的麻烦事里，折腾得很惨。”

九郎似乎是想到了当时的情景，轻轻耸了耸肩，大概意识到相关人士更惨，又换上同情的语调。

“音无会长和藤沼先生后来的情况我都听说了，你会认为事情跟岩永有关也在所难免。或许再过一段时间，你能从藤沼先生那里直接打听到当时的一部分情况吧。”

阿学似乎还有问题，九郎却用手制止了他，望着他的眼睛继续。

“不过，为了岩永的名誉我得事先声明。她始终都很公正。虽然她能够避免那种有些悲剧的结果，却仍然做出了那样的选择。可是，不能因此就责备她冷酷无情。岩永基于自己的行动原理和信念，做到了以最好的结局收场。”

这番话非常强硬，与面前这位给人以极其普通的印象的青年极不相称，甚至令小鸟屏住呼吸。阿学似乎也被他的气势镇住了。

“事情会以悲剧收场，并不是岩永的选择造成的，最根本的起因仍旧在于音无家。另外，为了避免这个原因导致更大的悲剧，岩永履行了自己的使命。”

九郎这般总结，接着又像是意识到自己说得过于严厉，立刻换上一副不好意思的表情，微微低头致歉。

小鸟感觉阿学好像是不甘于被九郎的气势镇住，故意找碴一般反驳：

“是否公正可以由别人来判断吗？你能说她的判断没有掺杂任何私心、疏忽大意或者人类的冲动吗？”

“别人的确不能判断。法官也要基于法律进行公正的判断，话虽不错，实际上却是不可能的。事实上，不同的法官有不同的判断，用相同的证据来判断相同的案件，产生分歧的情况也并不罕见。人类的公正是有界限的，只能尽量保证自己的行为公正。只有按照少数服从多数的原则来判断是否公正时，这种公正才有意义，它的可靠程度仅此而已。”

九郎虽然肯定了阿学的反对意见具有合理性，却没有动摇自己的观点。

“可是，岩永是公正的。因为特殊原因，我不能告诉你她的标准是什么，不过，她的行动原理和信念不会因为私心、疏忽大意或冲动而偏转。她或许连这种想法都不会有。就算面对的是自己的亲属、就算会大大损害自身的利益，她也同样如此。”

他如此断言，仿佛岩永是一种超越人类的生物。

他的语气斩钉截铁，目光坦荡真诚，阿学有些退缩，终于用无奈的语气反问：

“你说，就算会大大损害自身的利益，她也同样如此，这不是很危险吗？”

“很危险哦。而且，她本人缺乏自觉才是最危险的。”

九郎爽朗地笑着回答。阿学听到他愉快且毫不迟疑的语气，更加退缩，忍不住反问他：“这没有什么好笑的吧？”

小鸟也明白他的感受。这并不是一件可以一笑置之的事。不会转弯的东西容易与其他物体发生碰撞，一旦发生冲突，总有一方会受伤，甚至会两败俱伤。如果连转弯的想法都没有，还对此无知无觉的话，很有可能会在不知不觉间毫不留情地毁灭身边的人、毁灭自己。这样既可能会得罪别人，说不定还会遭到别人的报复。就算能避免这些，说不定等到她意识到的时候，已经因为自己的力量导致自己受到了致命的伤害。

小鸟突然觉得眼前这位不知是轻浮还是迟钝，脸上挂着无忧无虑的微笑的九郎有些可怕。于是，她不由得插嘴：

“请问……樱川先生不是也没有自觉吗？越是与那样的人亲近，就越容易受伤吧？搞不好的话，你才最容易受到伤害吧？”

身为男朋友，在她的身边会受她的牵连得罪人，还可能遭受岩永非人的对待。被卷入音无家的麻烦中就是例子。九郎应该不是担心岩永的时候。

九郎淡淡地看了小鸟一眼，有些为难地笑笑，叹一口气。

“话是这么说，可我也不能让她独自面对吧？我在她身边的话，还能稍微替她减轻一些伤害。”

小鸟发现自己误会了。这个人并不迟钝。他只是珍惜岩永而已，他甚至觉得自己受到的伤害无所谓。

可是，九郎有多大的把握可以保证平安无事呢？他似乎对此完全没有危机感。小鸟还是觉得不太对劲，心里乱糟糟的，难以平静。

不知是不是看透了小鸟的心情，九郎道：

“啊啊，幸好我比较壮硕，没有受多严重的伤就解决了。”

他有些难为情地说完，将杯子里剩下的咖啡一饮而尽。

九郎说着“很抱歉，没有帮上忙”，对他们鞠了一躬，结账离开餐厅。在餐厅老板去替小鸟他们传话时，他就已经准备离开了。

结果，岩永对音无家做了什么，仍旧是个不解之谜。不过，小鸟明白了岩永的公正，也知道了有人理解岩永，并且愿意在她的身边保护她。

“看来岩永同学还是有看男人的眼光的。”

他确实值得岩永单恋多年。没有异性可以这般设身处地关心岩永。不得不承认，岩永能够找到这样的好男人，着实有眼光。

阿学也从别的角度，对樱川九郎这个人有特别的评价。

“一开始我觉得他是一个呆头呆脑的普通人，可是跟他聊过之后，我自愧不如。我修习武道多年，很少会有这种想法——武力对他似乎不能适用。”

小鸟倒是全然没有实感，不过既然拥有无数个武道段位的阿学这么说了，看来就算岩永面对过激的报复或暴力，九郎也有能力应付。

阿学仿佛终于找回了活着的状态，长长地吁出一口气。

“原来世界上还有这么可怕的人。”

“毕竟是岩永同学的男朋友嘛！”

高中时代，就算大家同处一个活动室里，岩永也都是独自待在不同的地方。在教室里她也总是独自一人。那条线是岩永自己画下的。有一个男人陪在岩永身边，这虽然显示了世界可怕的一面，似乎也表明这个世界相当公正。

只是，小鸟听了九郎的话，觉得有一点需要更正。

“高中时代，岩永同学尽量与我们保持最低限度的接触，不向我们暴露她的私生活，会不会是因为那份公正会伤害我们？她对于给身边人造成的影响，也有一些自觉吧？”

尽管九郎斩钉截铁地说她没有自觉，事实却不一定如此。

阿学却对此持怀疑态度。

“谁知道呢，或许岩永同学只是觉得，比起与我们的关系，有其他更要紧的事呢？”

这好像更有可能。虽然她不认为岩永对他们漠不关心，却也觉得对于岩永而言，还是漠不关心更能避免麻烦，这就是她对周围的人不感兴趣的理由。总而言之，岩永似乎没有自觉。

然后，阿学摸了摸脑袋，像是附体邪魔被赶走了似的，说道：

“岩永琴子真是一个让人想不通的人啊。看来我不该企图去打探她对音无家到底做了什么。”

尽管他们兜了一个圈子，最终还是找回了高中时代就明白的道理，不过，既然阿学接受了现实，小鸟也随之松了一口气。

小鸟和阿学也吃完饭，打算结账回家的时候，老板告诉他们“九郎君已经替二位结过账了，说是没有帮上你们的忙，很抱歉”。小鸟和阿学对视一眼，异口同声地说：“真是个好男人啊，配岩永同学实在太可惜了。”

小鸟准备回家时，试探地问老板：

“岩永同学和樱川先生关系是不是很好？”

老板自信满满地担保：

“是啊，别看他们那样，其实是天生一对。不过，岩永小姐经常抱怨九郎君，说他不够爱自己。九郎君也不会直接对岩永小姐说什么贴心话，有时候只听他们的对话，还会觉得挺可怕的。”

九郎在面对岩永的时候，大概不够坦率吧。阿学也有这种毛病。这或许是日本男人的通病。

老板苦笑着告诉他们一个小插曲。

“不过，听说前段时间九郎君虽然心不甘情不愿，还是陪岩永小姐去了她很想去的秘宝馆*，表现得很好。”

* 收藏与性、性风俗等有关的东西的设施。

阿学的脸抽了抽，用手指按了按太阳穴。

“那家伙又邀请男朋友去什么鬼地方了……”

“秘宝馆在很一言难尽的地方吗？”

小鸟不知道那座馆是什么地方，看两人的表情，估计去那里挺费事的。也有可能那里是男人不方便去的地方。

阿学面对小鸟的疑问，含糊其词地应付道：

“该说是位置一言难尽呢，还是展品一言难尽呢……小鸟，你不用知道。”

虽然不大明白，不过那个地方似乎最好不要让阿学带自己去玩。

老板一边送小鸟他们出门，一边说道：

“我觉得岩永小姐有些接收不到九郎君的爱情信号，或者说她想要得太多，太贪心了。但是，她能够任性地提要求，或许说明她信任对方吧。”

热情的老板虽然不忘拥护岩永，却又这么补充：

“不过，我也常常想，九郎君或许跟他的前女友更般配。”

要是岩永听到这句话，或许会暴跳如雷。不过，小鸟也在内心默默地对店长表示赞同。或许那个人与岩永之外的人交往，会过上更加幸福安稳的生活，倒不如说他更应该如此。

比起在高中时代与自己在同一个社团相处了三年的同伴，却更加偏袒第一次见到的她的男朋友，这或许会被人批评不讲义气，她却不由得觉得这才是公正的判断。

事后，她询问阿学的意见，结果获得了他的赞同。

“我也有同感。”

之后，小鸟再也不曾听说过岩永的名字，也再也不曾见过她。只不过，她的脑海中却常常浮现出那个身材娇小，却又无比敏锐的高中时代的她的身影。

图书在版编目（CIP）数据

虚构推理：沉睡的谜案 /（日）城平京著；李雨萍译．— 北京：文化发展出版社，2022.6

书名原文：虚構推理　スリーピング・マーダー

ISBN 978-7-5142-3747-4

Ⅰ．①虚…　Ⅱ．①城…　②李…　Ⅲ．①推理小说－日本－现代　Ⅳ．①I313.45

中国版本图书馆 CIP 数据核字（2022）第 076174 号

版权合同登记号　图字：01-2022-1377

虚构推理：沉睡的谜案

[日] 城平京 / 著

李雨萍 / 译

出 版 人：武　赫　　特约策划：欧阳博　傅小童

责任编辑：周　蕾　　责任校对：岳智勇

责任设计：郭　阳　　责任印制：杨　骏

出版发行：文化发展出版社（北京市翠微路 2 号　邮编：100036）

网　　址：www.wenhuafazhan.com

经　　销：各地新华书店

印　　刷：嘉业印刷（天津）有限公司

开　　本：880mm × 1230mm　1/32

字　　数：135 千字

印　　张：8.25

版　　次：2022 年 6 月第 1 版

印　　次：2022 年 6 月第 1 次印刷

定　　价：48.00 元

I S B N：978-7-5142-3747-4

◆　如有任何印刷装订质量问题，请联系：010-57735441 调换。